古典詩歌研究彙刊

第三三輯

龔鵬程 主編

第8冊

明清六種唐詩選本之劉長卿研究

何 楚 著

國家圖書館出版品預行編目資料

明清六種唐詩選本之劉長卿研究／何楚 著 -- 初版 -- 新北市：
花木蘭文化事業有限公司，2023〔民 112〕
目 4+180 面；17×24 公分
（古典詩歌研究彙刊 第三三輯；第 8 冊）
ISBN 978-626-344-214-6（精裝）
1.CST：劉長卿 2.CST：唐詩 3.CST：學術研究
820.91　　　　　111021854

古典詩歌研究彙刊
第三三輯 第 八 冊　　ISBN：978-626-344-214-6

明清六種唐詩選本之劉長卿研究

作　　者　何　楚
主　　編　龔鵬程
總 編 輯　杜潔祥
副總編輯　楊嘉樂
編輯主任　許郁翎
編　　輯　張雅淋、潘玟靜　美術編輯　陳逸婷
出　　版　花木蘭文化事業有限公司
發 行 人　高小娟
聯絡地址　235 新北市中和區中安街七二號十三樓
　　　　　電話：02-2923-1455／傳真：02-2923-1452
網　　址　http://www.huamulan.tw 信箱 service@huamulans.com
印　　刷　普羅文化出版廣告事業
初　　版　2023 年 3 月
定　　價　第三三輯共 8 冊（精裝）新台幣 16,000 元

明清六種唐詩選本之劉長卿研究

何楚 著

作者簡介

何楚，女，浙江諸暨人，博士研究生，現就讀於南京大學文學院。碩士畢業於國立成功大學中文系，師從陳美朱教授，研究方向為唐代詩歌。

提　　要

劉長卿，字文房，為河間人，古代詩論家給予劉長卿詩歌較高評價。從明、清唐詩選本來看，劉長卿皆躋身前十大詩家。此外，《劉隨州集》收入劉長卿詩歌 506 首，可見其詩在質量與數量上均有一定水準。為能全面探討劉長卿的時代歸屬、擅長詩體、詩歌風格、被今人冷落的原因等議題，筆者選取 6 部明、清唐詩選本展開討論，全文共分六章如下：

第一章〈緒論〉：本章旨在表述論文的研究動機，再綜述學界研究現況，最後說明使用的研究方法，概述各章節安排。

第二章至第五章為論文主體。第二章以高棅《唐詩品彙》為切入點，先釐清高棅選評劉長卿詩歌要旨，而後探討明、清詩學家對劉長卿盛、中唐詩人的劃分，審視劉長卿在盛、中轉接之際的時代歸屬問題。

第三章討論劉長卿擅長何種詩體。筆者先通過明代陸時雍《唐詩鏡》與清人沈德潛《唐詩別裁集》這兩個選本對劉長卿各個詩體的選評，進而再引申至明、清詩論對劉長卿所擅長詩體的不同看法。

第四章借助《大曆詩略》，分析劉長卿的詩歌風格。同時在與其他大曆詩人的對比中，探究劉氏「體氣開大曆之先」的原因。

第五章從童蒙學本《唐詩三百首》與《唐詩成法》切入，比較兩者選評劉詩的異同。另外，劉長卿難以進入今人新編「唐詩三百首」之前十大詩家，與明、清選錄劉詩形成鮮明對比。是故，本章亦分析今人選本冷落劉長卿的原因。

第六章〈結論〉：概述全文研究成果，並提出相關延伸議題，作為日後深入研究的方向。

誌 謝

「柴門聞犬吠，風雪夜歸人」算是對劉長卿最初的印象，直至讀了研究所，在陳美朱教授的課堂上，才了解到劉長卿這位詩人並不像這首小詩那樣簡單。劉長卿在明、清備受矚目，於今卻遭到漠視，此一現象引起了我的好奇，渴望能一探究竟。這算是研究伊始。

然而，劉長卿實在算不上是一個容易研究的對象，留存下來的資料不像李杜般浩如煙海，又無法在今人的研究中找到眾多參考。論文修改了一版又一版，最終論文得以完成，全仰賴陳美朱教授嚴謹而又耐心的指導。學生深知，每一次論文困境的跨越，都離不開老師深入的指點。每當論文的思考陷入死胡同時，老師常常能在三言兩語間令我豁然開朗，茅塞頓開，深深拜服於老師的學術涵養和研究能力。

在學期間，亦修習了陳美朱教授的諸多課程，如「唐詩選本專題研究」、「杜甫詩專題研究」、「清詩話專題研究」、「詩選及習作」等，課上總能真切地感受到老師對於「盡善盡美」的追求。「師者，所以傳道授業解惑也」，無論是學術研究，還是課程講授，老師都身體力行地向我傳達何為「學問」、何為「責任」、何為「教育」。在此，學生衷心地感謝陳美朱教授。老師對我的教導，不僅在碩班的三年半，更在今後的一生！套用史鐵生的一句話，「因為美朱老師，我常感恩於自己的命運。」

論文能夠完成，也感謝考試委員廖美玉老師和陳家煌老師。感謝老師們百忙之中抽出時間批閱拙作，提出寶貴的修改建議。老師們的意見，句句切中肯綮，無論是對本論文的完善，還是今後的研究思考，都提供了非常大的助力。再次感謝美玉老師和家煌老師！

同時感謝家人朋友。感謝家人支持我在臺的生活，更感謝家人尊重我從心理轉到中文的選擇。感謝諸多好友，幫我查閱文獻資料，聽我迷茫失落時的傾訴，給予我一路的陪伴。

最後，特別感謝北京師範大學文學院李小龍教授。三年多前，為了申請碩班，我曾冒昧地請求李小龍老師幫我批改研究計劃書。當時，李老師與我只一面之識，卻傾力幫忙，使我得以順利進入碩士研究生的學習階段。今後若有幸進入教育領域，我必牢記北師校訓「學為人師，行為世範」，以此鞭策自己，不負老師教誨！

何楚　謹誌於成功大學中國文學研究所

目 次

第一章　緒　論

第一節　研究動機與論文選題

劉長卿（725～789），字文房，他曾說：「高文不可和，空愧學相如。」〔註1〕可見他的命名，是以司馬相如自期（B.C.179～B.C.117）的。其為河間人，〔註2〕生卒年尚無定論，本論文參考傅璇琮（1933～2016）與蔣寅等人的說法，將劉長卿生年定為725年，卒年則是789年。〔註3〕兩《唐書》無傳，僅《新唐書．藝文志》簡略提及其生平：

〔註1〕唐．劉長卿：〈酬包諫議佶見寄之什〉，《劉隨州集》，收入《景印文淵閣四庫全書》第1072冊（臺北：臺灣商務印書館，1983年），卷4，頁10b。

〔註2〕劉長卿為河間人，當是指郡望而言。一說劉長卿祖籍宣城，但傅璇琮認為此說法錯誤；一說劉家居洛陽。詳見傅璇琮：〈劉長卿事跡考辨〉，《唐代詩人叢考》（北京：中華書局，1980年），頁273～274。房日晰：〈劉長卿籍貫為洛陽補證〉，《中州學刊》1982年第2期（1982年5月），頁95。楊世明：〈劉長卿年譜〉，《劉長卿集編年校注》（北京：人民文學出版社，1999年），頁626。

〔註3〕聞一多將劉長卿生年定為709年。見聞一多著：《唐詩大系》，王立信主編：《聞一多文集》（海口：海南國際新聞出版中心，1997年），頁119。文學史從聞說，但有學者認為此說錯誤。如傅璇琮定其生於710或725年。見氏著：〈劉長卿事蹟考辨〉，《唐代詩人叢考》，頁271～273。卞孝萱定其生年於714年。見卞孝萱、喬長阜：〈劉長卿詩初探〉，《社會科學戰線》1982年第4期（1982年8月），頁276。至於

（劉長卿）字文房，至德監察御使，以檢校祠部員外郎為轉運使判官，知淮西鄂岳留後。鄂岳觀察使吳仲孺誣奏，貶潘州南巴尉。會有為辯之者，除睦州司馬，終隨州刺史。〔註 4〕

元人辛文房（？～？）相對詳細記載了劉長卿的生平事跡，茲錄於下：

長卿，字文房，河間人。少居嵩山讀書，後移家來鄱陽最久。開元二十一年徐徵榜及第。至德中，歷監察御史，以檢校祠部員外郎出為轉運使判官，知淮西岳鄂轉運留後。觀察使吳仲孺誣奏，非罪係姑蘇獄，久之，貶潘州南巴尉。會有為辯之者，量移睦州司馬。終隨州刺史。長卿清才冠世，頗凌浮俗，性剛，多忤權門，故兩逢遷斥，人悉冤之。詩調雅暢，甚能煉飾。其自賦，傷而不怨，足以發揮風雅。權德輿稱為「五言長城」（按：應為劉長卿自稱）。長卿嘗謂：「今人稱前有沈、宋、王、杜，後有錢、郎、劉、李。李嘉祐、郎士元何得與余並驅。」每題詩不言姓，但書「長卿」，以天下無不知其名者云。灞陵碧澗有別業。今集詩賦文等傳世。淮南李穆，有清才，公之婿也。〔註 5〕

從現存史料看，實難以釐清劉長卿的一生。不過，綜合古籍和今人研究可知，劉長卿曾任監察御史、睦州司馬等職位。其間，劉長卿兩遭遷謫，多認為是其性情剛烈，得罪權門之故。從辛文房的記述看，劉長卿對其詩歌自信十足，天下皆知其詩名。同時，辛文房對劉詩評價亦較高，以「雅暢煉飾」、「傷而不怨」評論其詩。

卒年，劉乾認為卒於 789～791 之間。見氏著：〈劉長卿三題〉，西北大學學報編輯部：《唐代文學論叢》（西安：陝西人民出版社，1982 年），頁 305。蔣寅則以為劉長卿卒於 789 年之前。見氏著：《大曆詩人研究》下編（北京：中華書局，1995 年），頁 451。

〔註 4〕宋．歐陽修、宋祁等撰：《新唐書》第 1 冊（臺北：臺灣商務印書館，1988 年），卷 60，頁 8a。

〔註 5〕元．辛文房撰，傅璇琮主編：《唐才子傳箋證》第 1 冊（北京：中華書局，2000 年），卷 2，頁 311～326。

不僅是辛文房，古代其他詩論家也給予劉詩比較高的評價。宋代范晞文（？～？）云：「李杜之後，五言當學劉長卿。」〔註6〕以及「知劉長卿五言，不知劉七言亦高。」〔註7〕同時肯定劉長卿五、七言詩。明代陸時雍（？～1640）提到：「劉長卿體物情深，工於鑄意，其勝處有迥出盛唐者。」〔註8〕陸氏認為劉詩具有「體物情深」、「工於鑄意」的特點，甚至有勝於盛唐的地方。清代盧文弨（1717～1796）更是讚許劉長卿：「子美之後，定當推為巨擘。眾體皆工，不獨五言為長城也。」〔註9〕盧氏評論劉長卿眾體皆工，並將其推到僅次於杜甫（712～770）的位置，可謂是評價甚高。

當然，詩論家也有指出劉詩中不足的部分，宋代張戒指出劉長卿「韻度不能如韋蘇州之高簡，意味不能如王摩詰、孟浩然之勝絕。」〔註10〕清代喬億（1702～1788）也說劉長卿「氣象骨力降開、寶諸公一等。」〔註11〕不僅是在詩歌韻度和意味方面，還有氣象骨力，劉詩都還稍差一等。

雖然詩論家對劉長卿褒貶不一，但總體而言，還是肯定多於批評。誠如蔣寅所言：「劉長卿詩，古人評價一直很高，而且隨著時代推移，越來越高。」〔註12〕然而從附錄〈明、清主要唐詩選本前十大詩家〉與〈今人「新編唐詩三百首」前十大詩家〉表格內容對比來看，劉長卿皆入選明、清主要唐詩選本的前十大詩家，卻基本無緣於今人「新編唐詩三百首」的前十大，這一反差值得深入探索。

〔註6〕宋・范晞文：《對床夜語》（北京：中華書局，1985年），卷2，頁14。

〔註7〕宋・范晞文：《對床夜語》，卷3，頁22。

〔註8〕明・陸時雍選評，任文京、趙東嵐點校：《詩鏡》（保定：河北大學出版社，2010年），〈總論〉，頁11。

〔註9〕清・盧文弨：〈劉隨州文集題辭〉，《抱經堂文集》第2冊（北京：中華書局，1985年），卷7，頁100。

〔註10〕宋・張戒：《歲寒堂詩話》（北京：中華書局，1985年），卷上，頁9。

〔註11〕清・喬億：《劍谿說詩》，郭紹虞編選，富壽蓀校點：《清詩話續編》（上海：上海古籍出版社，1999年），卷下，頁1094。

〔註12〕蔣寅：〈劉長卿與唐詩範式的演變〉，《文學評論》1994年第1期（1994年1月），頁41～52。

此外，《劉隨州集》收入劉長卿詩歌 506 首，〔註 13〕存詩數量相對不少，可見其詩在質量與數量上均有一定水準。目前學界也有所共識，認為劉長卿詩名顯於大曆、貞元時期，他詩中蒼秀冷暗的色調，加之淡淡的哀愁，令人無限感傷與沈思，但詩中再也沒有盛唐的宏偉開闊和絢麗奪目的色彩。劉長卿處於盛、中唐轉換的時代，因此研究劉長卿的詩歌，有助於我們認識盛唐與中唐詩的特徵，以及盛、中唐詩的轉變痕跡。

然而，近現代以來至 1980 年前，劉長卿都未受到學界的重視，只有幾部文學史中有較少的論述，如劉大杰（1904～1977）撰寫的《中國文學發展史》〔註 14〕與游國恩（1899～1978）等人編寫的《中國文學史》〔註 15〕。1980 年後，劉長卿的相關研究開始增多，但主要涉及考證和論析兩大方面，少見從詩歌選本的角度研究劉長卿。

「選本」是選家意識的體現，更是一種文學批評的重要形式。魯迅也說：「凡選本，往往能比所選各家的全集或選家自己的文集更流行，更有作用。」〔註 16〕由此可知選本對詩文作品的接受情況，有重大的影響力。

據孫琴安研究指出，唐詩選本在文學史上共經歷四個高峰期，分別是南宋時期，明代嘉靖、萬曆年間，清初康熙年間和清乾隆年間。〔註 17〕四個高潮發展期，明、清便佔據其中三個，可見明、清兩代唐詩選本的昌盛繁榮。陳順智在梳理歷代對劉長卿的評論後得出結論：唐宋時期，針對劉長卿詩歌內容的批評，都繩以儒家的法規，而且限

〔註 13〕統計自唐·劉長卿：《劉隨州集》，收入《景印文淵閣四庫全書》第 1072 冊。

〔註 14〕劉大杰：《中國文學發展史》（臺北：莊嚴出版社，1983 年），頁 447～448。

〔註 15〕游國恩：《中國文學史》（北京：人民文學出版社，1979 年），頁 126～128。

〔註 16〕魯迅：〈選本〉，《魯迅全集》（北京：人民出版社，2005 年），頁 128。

〔註 17〕孫琴安：《唐詩選本提要》（上海：上海書店出版社，2005 年），自序，頁 6～8。

於局部的觀念印象，以經驗性的把握為主，未能理性化、深層化；明清時期則從文學發展的高度和劉詩內在特質與時代、詩人本身特性之關係來研究，比經驗性的介紹要深入得多，而且清代的劉長卿詩批評，基本沿襲明代的總體規範。〔註 18〕而目前學界研究多集中在劉長卿生平考據與作品分析上，較少從詩歌選本的角度探討。因此，本文欲從明、清唐詩選本入手，探究劉長卿詩歌。

第二節　文獻回顧與重點評述

總的來看，1980 年傅璇琮（1933～2016）《唐代詩人叢考．劉長卿事跡考辨》的出版，〔註 19〕開啟了劉長卿研究的局面。其後，學界既有劉長卿生年辨證、詩歌繫年等考據性研究，也有體裁、風格、意象意境等論析性研究。此外，還結合宗教、心理學等進行跨學科研究。以下，筆者將就這四個面向，梳理劉長卿相關研究文獻。

一、劉長卿生平考辨

關於劉長卿生平研究的成果主要有傅璇琮〈劉長卿事跡考辨〉、劉乾〈劉長卿三題〉、〔註 20〕房日晰〈劉長卿籍貫為洛陽補證〉、〔註 21〕張君寶〈劉長卿生年辨證——兼考其貶睦州之年〉、〔註 22〕楊世明的〈劉長卿行年考述〉、〔註 23〕蔣寅的〈劉長卿生平再考證〉〔註 24〕、

〔註 18〕陳順智：《劉長卿詩歌透視》（武漢：湖北人民出版社，1994 年），引言，頁 1～4。

〔註 19〕傅璇琮：〈劉長卿事跡考辨〉，《唐代詩人叢考》，頁 250～281。

〔註 20〕劉乾：〈劉長卿三題〉，西北大學學報編輯部：《唐代文學論叢》，頁 296～305。

〔註 21〕房日晰：〈劉長卿籍貫為洛陽補證〉，《中州學刊》1982 年第 2 期（1982 年 5 月），頁 95。

〔註 22〕張君寶：〈劉長卿生年辨證——兼考其貶睦州之年〉，西北大學學報編輯部：《唐代文學論叢》，頁 210～218。

〔註 23〕楊世明：〈劉長卿行年考述〉，《四川師範學院學報（哲學社會科學版）》（1990 年 8 月），頁 45～53。

〔註 24〕蔣寅：《大曆詩人研究》下編，頁 431～451。

胡可先〈劉長卿事跡新證〉等。〔註 25〕

傅璇琮通過詩史互證的方法，糾正了《新唐書》將劉長卿兩次貶謫合為一次的錯誤。傅璇琮認為劉長卿第一次被貶在肅宗至德三年（758），因某事而由蘇州長洲尉被貶為潘州南巴尉，時節在春天；第二次是在代宗大曆八年至十二年間（733～777），因吳仲孺（？～？）的誣害而由淮西鄂岳轉運留後貶為睦州司馬，時節在秋冬之際。再者，該文通過劉長卿任睦州司馬時的交友情況，得出劉長卿並非卒於隨州刺史任上。最後，傅璇琮還考證了劉長卿登進士第的時間，論證姚合（779～855）《極玄集》所云劉長卿為開元二十一年（733）進士之說難成立，〔註 26〕劉當在天寶登第，但具體年份不可考。

劉乾一文則主要針對傅文的疏漏之處作了三點補充：（一）劉長卿是唐代宗廣德元、二年間（763～764）回長安並任監察御史的；（二）劉長卿為轉運判官，是在淮南而非淮西；（三）劉長卿在建中四年（783）失隨州後，成為淮南節度使杜亞（725～798）的正式幕僚，卒於貞元五年春至七年春（789～791）這兩年之間。

蔣寅〈劉長卿生平再考證〉在諸家研究成果之上，考索劉長卿的生平。蔣寅認為劉長卿很可能即生於開元十四年（726），並指出劉長卿實為不折不扣的大曆詩人。蔣文把劉長卿卒年下限定於貞元五年（789）。

胡可先則通過新出土墓誌記載，同時參證史籍，論述了劉長卿曾為陳留浚儀縣尉，登進士第可鎖定在天寶七載（748）或八載（749），為監察御史則僅是在至德元載（756）較短的時間內，為鄂岳轉運判官大致確定在大曆三年（769）或稍前。

〔註 25〕胡可先：〈劉長卿事跡新證〉，《學術研究》2008 年第 6 期（2008 年 6 月），頁 148～151。

〔註 26〕唐．姚合著：《極玄集》，傅璇琮編撰：《唐人選唐詩新編》（臺北：文史哲出版社，1999 年），頁 559。

由於劉長卿的生平並未有大量史籍可參考，只能借助於劉長卿的詩歌進行推論，故而研究者意見不免有所分歧。目前學界主要還是參考傅璇琮、蔣寅等人的論證。此類考證性論文為筆者碩論的撰寫，提供了背景資料，有助於了解劉長卿的生平經歷。

二、劉長卿詩歌考訂

劉長卿詩作如同其生平，錯綜複雜，因此學界對其詩歌多有考訂。如柏俊才〈《全唐詩》劉長卿重出詩歌考〉、〔註27〕陳順智〈劉長卿重出詩考〉、〔註28〕佟培基〈劉長卿詩重出甄辨〉、〔註29〕劉乾〈《劉隨州集》重出詩考〉〔註30〕等論文對劉長卿重出之詩作加以考證。

此外，劉乾〈劉長卿詩續考〉、〈劉長卿詩再續考〉、〈劉長卿詩雜考〉、〈劉長卿部分睦州詩考〉等文章對劉詩寫作時間及背景進行說明。劉乾的考證細緻嚴謹，被諸學者參考引用。

在詩歌繫年與校注方面，則主要以專書儲仲君《劉長卿詩編年箋注》、〔註31〕楊世明《劉長卿集編年校注》、阮廷瑜《劉隨州詩集校注》〔註32〕為主。另外，陳順智《劉長卿詩歌透視》亦附錄〈劉長卿詩歌繫年考辨〉。〔註33〕

再者，關於《劉隨州集》版本考述方面，則有萬曼（1903～1971）《唐集敘錄・劉隨州文集》，該文梳理了宋、明、清三代劉長卿集的傳

〔註27〕柏俊才：〈《全唐詩》劉長卿重出詩歌考〉，《山西師大學報（社會科學版）》第26卷第3期（1999年7月），頁41～43。

〔註28〕陳順智：〈劉長卿重出詩考〉，《魏晉南北朝隋唐史資料》2001年第0期（2001年9月），頁162～177。

〔註29〕佟培基：〈劉長卿詩重出甄辨〉，《文學遺產》1993年第2期（1993年4月），頁40～47。

〔註30〕劉乾：〈《劉隨州集》重出詩考〉，《西南師範大學學報（哲學社會科學版）》1993年第3期（1993年10月），頁68～72。

〔註31〕唐・劉長卿原著，儲仲君著：《劉長卿詩編年箋注》（北京：中華書局，1996年）。

〔註32〕唐・劉長卿原著，阮廷瑜著：《劉隨州詩集校注》（臺北：五南圖書出版公司，2012年）。

〔註33〕陳順智：《劉長卿詩歌透視》，頁186～244。

世與著錄，可以大致瞭解劉集的幾個主要版本。〔註 34〕另如儲仲君〈《劉隨州集》版本考〉、〔註 35〕陳順智〈劉長卿集版本考述〉、〔註 36〕阮廷瑜〈劉長卿集傳本述要〉〔註 37〕等文都分析了版本源流，也都認同劉長卿集有以殘宋本為代表的十卷本和以書棚本為代表的十一卷本，大部分現存的文獻都屬於十一卷本。

日本學者高橋良行撰有〈劉長卿集傳本考〉、〔註 38〕〈日本現存劉長卿集解題——日本唐詩接受史的一個側面〉〔註 39〕二文，前者分朝代敘述劉長卿詩文的結集、著錄和傳世版本，後者則記錄了日本收藏的劉長卿集版本，記敘十分詳細，為學界研究劉長卿集海外流傳提供了參照。

學位論文的部分，目前僅見朱若陽的碩士學位論文《劉長卿別集版本研究》。〔註 40〕該文校勘了劉長卿別集現存版本及相關記載資料，並歸納出了劉長卿別集各版本的特點，梳理出劉集版本的傳承脈絡。

三、劉長卿詩歌研究

（一）思想性的評價和藝術風格的探討

討論劉長卿詩歌思想性與藝術風格的文章，主要以卞孝萱、喬長

〔註 34〕萬曼：〈劉隨州文集〉，《唐集敘錄》（北京：中華書局，1980 年），頁 60～63。

〔註 35〕儲仲君：〈《劉隨州集》版本考〉，《劉長卿詩編年箋注》，頁 590～597。

〔註 36〕陳順智：〈劉長卿集版本考述〉，《文獻季刊》2001 年第 1 期（2001 年 1 月），頁 105～118。

〔註 37〕阮廷瑜：〈劉長卿集傳本述要〉，《劉隨州詩集校注》，頁 1～17。

〔註 38〕日本．高橋良行：〈劉長卿集傳本考〉，蔣寅編：《日本學者中國詩學論集》（南京：鳳凰出版社，2008 年），頁 83～103。

〔註 39〕日本．高橋良行：〈日本現存劉長卿集解題——日本唐詩享受史的一個側面〉，蔣寅編：《日本學者中國詩學論集》，頁 104～112。

〔註 40〕朱若陽：《劉長卿別集版本研究》（河北大學中國古典文獻學碩士論文，2020 年）。

皋〈劉長卿詩初探〉、〔註 41〕房日晰〈劉長卿詩的思想評價〉、〔註 42〕〈劉長卿詩的藝術特色〉、〔註 43〕楊世明〈簡論劉長卿和他的詩〉〔註 44〕為代表。

卞孝萱與喬長阜一文，將劉長卿的創作，可分為三個時期：前期（玄宗朝），求仕無成，開始創作詩歌，並取得初步成就；中期（肅宗、代宗兩朝），兩遭謫遷，詩歌創作成就顯著；後期（德宗貞元六年前），官至隨州刺史，罷免後，終老吳越，詩歌創作成績甚微。並且該文認為貶謫南巴是劉長卿詩歌創作風格的轉折點，指出劉長卿與錢起（722？～780）雖然詩歌藝術上各有千秋，但劉詩在思想性上高於錢詩。

房日晰〈劉長卿詩的思想評價〉則著重評價劉長卿詩歌的思想性。首先，劉長卿詩記載了安史之亂給人民造成的傷害，以及戰後農村荒涼蕭條的景象，表現了對黎民百姓的關懷與同情；其次，由於劉長卿兩遭遷謫，因此劉詩中有不平之音與懷才不遇之感，構成了劉詩中多方面的思想內容，且有一定的社會意義。〈劉長卿詩的藝術特色〉則注重在藝術風格的探析。房日晰分析，劉長卿以整贍的詩句和流宕的語調，再利用跳躍的句子，使其詩作結構自然，形成「整贍流暢、淡淨煉飾」的風格。

楊世明〈簡論劉長卿和他的詩〉，把劉長卿詩作分為五個時期進行介紹，分析了劉長卿的思想和創作特色。楊世明提及劉長卿詩歌，清婉蒼秀中帶著輕度的衰颯之感，是唐詩大轉折的先兆，因而深入研究劉長卿對於認識唐詩轉折是有意義的。

〔註 41〕卞孝萱、喬長阜：〈劉長卿詩初探〉，《社會科學戰線》1982 年第 4 期（1982 年 8 月），頁 276～283。

〔註 42〕房日晰：〈劉長卿詩的思想評價〉，《唐詩比較論》（西安：三秦出版社，1998 年），頁 373～387。

〔註 43〕房日晰：〈劉長卿詩的藝術特色〉，《唐詩比較論》，頁 388～397。

〔註 44〕楊世明：〈簡論劉長卿和他的詩〉，《南充師院學報（哲學社會科學版）》1987 年第 3 期（1987 年 6 月），頁 1～6。

（二）意象和意境及主題詩的討論

研究劉長卿的論文，大多集中在對其詩歌意象與意境的討論，較有代表性的如儲仲君〈秋風夕陽的詩人——劉長卿〉，主要還是從劉長卿的生平經歷入手，分析意象程式與特定的感情基調之間的關係，指出兩者的交融，形成劉詩整體上給人的冷落、衰颯的風格特徵，稱劉長卿為「秋風夕陽的詩人」。又，詩的淒清、冷峻、暗淡乃至衰颯的色調，是劉長卿心境、意緒的反映，而他的這種特定的心境、意緒又是在國步維艱和經歷坎坷的雙重影響下漸漸形成並逐步發展的。〔註 45〕

陳順智〈劉長卿詩歌意境的審美特徵〉亦深入研究劉長卿詩歌意境。文章認為，真正能夠代表其個性特徵、成就和能夠反映大曆時代審美風尚變化的，主要有如下三類：第一，蕭疏闊大的意境。這類意境明顯存在著盛唐詩境的痕跡，它保留沿襲了那闊大的外形輪廓，但加入了冷落、寂寞、猶疑與苦悶，給人以淡薄、空疏之感。第二，氤氳繚繞的意境。因氤氳繚繞的氣象而給人以隔膜之感，總染上一絲莫名的惆悵與淡淡的哀愁。第三，精細尖新的意境。這是他刻意精深地創造出來的巧句，打開了通向中唐詩風的門戶。〔註 46〕

此外，尚有學位論文如王丹《劉長卿山水詩藝術風貌研究》、〔註 47〕趙銀芳《入獄貶謫與劉長卿詩歌研究》、〔註 48〕陳剛《劉長卿詩歌意象研究》、〔註 49〕林禹之《劉長卿的政治生活與詩歌表現》〔註 50〕

〔註 45〕 儲仲君：〈秋風夕陽的詩人——劉長卿〉，中國唐代文學學會等主編：《唐代文學研究》第三輯（廣西：廣西師範大學出版社，1992 年），頁 287～304。

〔註 46〕 陳順智：〈劉長卿詩歌意境的審美特徵〉，《江漢論壇》1992 年第 7 期（1992 年 5 月），頁 70～75。

〔註 47〕 王丹：《劉長卿山水詩藝術風貌研究》（湘潭大學中國古代文學碩士學位論文，2007 年）。

〔註 48〕 趙銀芳：《入獄貶謫與劉長卿詩歌研究》（陝西師範大學中國古代文學碩士學位論文，2007 年）。

〔註 49〕 陳剛：《劉長卿詩歌意象研究》（蘇州大學中國古代文學碩士學位論文，2010 年）。

〔註 50〕 林禹之：《劉長卿的政治生活與詩歌表現》（臺北市立大學中國語文學系碩士論文，2020 年）。

等，這類論文都是從劉長卿詩中某一面向，如山水主題或詩歌意象等，而進行論述。

（三）對劉長卿詩歌體裁和創作範式的認識

這一類的探討主要是指劉長卿律詩的創作。單篇論文如葛曉音〈劉長卿七律的詩史定位及其詩學依據〉、〈「意象雷同」和「語出獨造」——從「錢、劉」看大曆五律守正和漸變的路向〉。前者指出劉長卿在基本保持盛唐七律「正宗」風韻的基礎上，開拓了七律營造意境的空間，同時突破早期七律程式的局限，拓展了七律抒情的容量和深度，又以其深沈蘊藉的藝術特色，為七律增添了一種區別於五律和七古的表現感覺。〔註 51〕後者則從「意象雷同」和「語出獨造」前人對劉長卿五律的矛盾性評價出發，探究了以錢、劉為代表的大曆五律守正和漸變的路向，以及「意象雷同」與「語出獨造」的具體內涵。〔註 52〕

蔣寅〈劉長卿與唐詩範式的演變〉一文則叩審劉長卿「五言長城」的稱號，認為劉長卿五古並不像他自以為的那麼堅穩，反而五律工穩妥貼，可以視為「五言短城」。該文肯定劉長卿為開拓七律「清空境界」的第一人，並梳理劉詩寫意特徵程式化的傾向與範型演變的軌跡。〔註 53〕蔣寅專著《大曆詩人研究》亦有提及，觀點與〈劉長卿與唐詩範式的演變〉相同。〔註 54〕

除上之外，單篇論文如鄧仕樑：〈劉長卿在唐代七律發展的地

〔註 51〕葛曉音：〈劉長卿七律的詩史定位及其詩學依據〉，《中山大學學報（社會科學版）》2013 年第 1 期（2013 年 1 月），頁 20～30。

〔註 52〕葛曉音：〈「意象雷同」和「語出獨造」——從「錢、劉」看大曆五律守正和漸變的路向〉，《清華學報》新 45 卷第 1 期（2015 年 3 月），頁 73～100。

〔註 53〕蔣寅：〈劉長卿與唐詩範式的演變〉，《文學評論》1994 年第 1 期（1994 年 1 月），頁 41～52。

〔註 54〕蔣寅：〈承前啟後的名家——劉長卿〉，《大曆詩人研究》上編，頁 21～51。

位〉、〔註55〕孫建峰〈劉長卿五言詩特殊體式之考述〉，〔註56〕學位論文如范海玉《劉長卿五言律詩研究》、〔註57〕張文娣《錢起劉長卿七律研究》、〔註58〕羅健祐《劉長卿七言律詩格律研究：兼論其與杜詩之異同》〔註59〕等。

學界對於劉長卿詩歌的研究，無論是思想性，還是藝術性，抑或是創作範式的討論，都提供了筆者諸多參考。

四、劉詩創作的跨學科研究

與宗教相關的研究，主要是由於劉長卿曾密切交往皎然（730～799）、靈澈（746～816）等僧侶，遊覽龍門佛寺、支硎山寺等佛教建築，而形成了一個研究熱點。此類文章如郜林濤〈佛教與劉長卿的思想和創作〉、〔註60〕潘殊閒〈劉長卿及其詩歌的宗教情懷〉〔註61〕等。此外尚有學位論文趙君生《劉長卿與佛教》、〔註62〕胡小勇《佛教思想與劉長卿的詩歌創作》〔註63〕等。至於心理學相關者，有劉洋碩士

〔註55〕鄧仕樑：〈劉長卿在唐代七律發展的地位〉，中國唐代文學學會等主編：《唐代文學研究》第五輯（廣西：廣西師範大學出版社，1994年），頁312～327。

〔註56〕孫建峰：〈劉長卿五言詩特殊體式之考述〉，《中國韻文學刊》第24卷第1期（2010年3月），頁6～9。

〔註57〕范海玉：《劉長卿五言律詩研究》（河北大學中國古代文學碩士論文，2000年）。

〔註58〕張文娣：《錢起劉長卿七律研究》（山東大學中國古代文學碩士論文，2010年）。

〔註59〕羅健祐：《劉長卿七言律詩格律研究：兼論其與杜詩之異同》（國立中央大學中國文學系碩士論文，2019年）。

〔註60〕郜林濤：〈佛教與劉長卿的思想和創作〉，《山西大學學報（哲學社會科學版）》第24卷第6期（2001年12月），頁48～51。

〔註61〕潘殊閒：〈劉長卿及其詩歌的宗教情懷〉，《西南民族大學學報（人文社科版）》總25卷第2期（2004年2月），頁131～134。

〔註62〕趙君生：《劉長卿與佛教》（西藏民族學院中國古代文學碩士論文，2009年）。

〔註63〕胡小勇：《佛教思想與劉長卿的詩歌創作》（湖南大學中國語言文學學院碩士論文，2009年）。

學位論文《劉長卿性格中的悲劇因素對其詩歌創作的影響》。〔註 64〕以上論文，或因研究者對相關學科的把握不足，所述內容基本不出現有研究資料範圍。

總結以上劉長卿的研究現狀可以看出，劉長卿的研究聚焦於兩個部分：其一，考據類，例如劉長卿的生平、思想等，以及詩歌的繫年、真偽等；其二，從詩作出發，論析劉長卿詩歌的內容、藝術風格和創作範式等。即使是跨學科的研究，細讀內容，也是在分析劉長卿的生平經歷與其詩歌之間的關係。所以，總體而言，尚未超出傳統文學研究中「作家——作品」的研究範圍。

值得關注的是，陳順智在其碩論基礎上，補充修正而出版的《劉長卿詩歌透視》，分別論述劉長卿的生活之域、詩歌藝術的風格及模式，及大曆詩歌的社會心理及審美特徵，是目前唯一一本論述性研究劉長卿的專書。另外，王玉蓉碩論《唐宋時期劉長卿詩歌傳播接受史研究》亦較為特殊，與前述論文的研究視點不同。該文從接受史的角度討論劉長卿詩歌在唐五代至兩宋的傳播與接受概況。〔註 65〕

《中國古典文學接受史》中寫道：「在以往的文學研究中，人們往往注意了文學作品是如何產生的，而忽略了它們是如何被接受的，忽略了讀者的接受在文學產生過程中的作用，從而將豐富複雜的文學想象簡單化、片面化。」〔註 66〕可見，除了作家與作品外，讀者也是文學產生過程中的重要一環。是故，本論文以「明、清唐詩選本視角下的劉長卿」為研究對象，借助明、清的唐詩選本，輔以相關詩話，探討劉長卿的時代歸屬、擅長詩體、詩歌風格、詩史意義和古今落差的原因，期能豐富學界對劉長卿的認識。

〔註 64〕劉洋：《劉長卿性格中的悲劇因素對其詩歌創作的影響》（河北大學中國古代文學碩士論文，2016 年）。

〔註 65〕王玉蓉：《唐宋時期劉長卿詩歌傳播接受史研究》（暨南大學中國古代文學碩士論文，2010 年）。

〔註 66〕尚學峰、過常寶、郭英德：《中國古典文學接受史》（濟南：山東教育出版社，2000 年），頁 1。

第三節　研究方法和章節安排

一、研究方法

本論文主要使用三種研究方法：統計法、文獻解讀法、比較法，以下展開說明。

其一，統計法。因筆者的研究內容聚焦在明、清唐詩選本上，為分析方便，須先將唐詩選本所選錄的詩人與詩作製成表格，統計數據。在每一章節中，首先統計該章節選本採錄劉長卿詩歌的數量與題目；再次，在該選本中，統計選錄數量達到前十名的詩家名單，縱向比較以掌握編選者對劉長卿的關注度。例如，第二章探討高棅（1350～1423）《唐詩品彙》選評劉長卿詩歌要旨，統計高棅對劉長卿各種詩體的品目安排，有助於理解高棅對劉長卿各詩體之盛、中唐歸屬的看法。再由前十大詩家中，劉長卿高居第三位，僅次於李白和杜甫，亦可了解到高棅十分關注劉長卿。

其二，文獻解讀法。選者在編選唐詩之餘，往往會對詩作闡發自己的評論。評價之外，編者也撰寫序文、凡例等，說明其編選理念和選本體例等。文本資料可幫助彌補「統計法」的不足。例如，藉由統計法，雖然能明確《唐詩鏡》和《唐詩別裁集》選錄劉長卿各詩體的情況，但卻不足以判斷選家心目中劉長卿最擅長何種詩體，需要在理解選家的詩學觀念、詳細閱讀選家的評語之後，才能綜合推斷。此外，筆者的研究對象為劉長卿，而非是選本。為深入探討劉長卿相關的問題，尚須結合詩話資料。比如第三章討論劉長卿擅長的詩體，除了分析選本《唐詩鏡》和《唐詩別裁集》選錄劉詩的情況，還需要綜合明、清詩話中詩論家的觀點以及劉長卿的詩作，才能全面地掌握劉長卿各種詩體的特色，從而作出推論。

其三，比較法。首先，比較法用於對比統計資料和文本文獻。兩者有時會出現矛盾的情況，需要對比參看，才能知曉編選者的真實理念。以《唐詩品彙》為例，從詩歌選錄數量來看，高棅將劉長卿置於盛唐詩人王維（692～761）之前，但從高棅的文字闡述上看，高棅認為王維之詩歌優於劉長卿。再者，比較法也用於不同選本之間，例如比較《唐詩三百首》與《唐詩成法》，可以得知何者更適合初學者學習劉長卿，《唐詩三百首》再和今人「新編唐詩三百首」比較，可以知曉今人新編「新」在何處，從而理解劉長卿為何受到今人之冷落。

要而言之，筆者綜合運用此三種方法，三者相輔相成，以明、清唐詩選本中的劉長卿為中心，分章展開討論。

二、章節安排

本論文以唐詩選本為切入點，選取《唐詩品彙》、《唐詩鏡》、《唐詩別裁集》、《大曆詩略》、《唐詩三百首》、《唐詩成法》和 15 本今人「新編唐詩三百首」，探討劉長卿的時代歸屬、擅長詩體、詩歌風格、詩史意義和被今人冷落的原因。

第一章〈緒論〉：本章旨在表述論文的研究動機，提出從明、清唐詩選本切入，考察劉長卿詩歌的論文選題。再綜述目前學界相關研究現況，回顧近來研究成果，凸顯本議題的研究價值。最後說明筆者所使用的研究方法，概述各章節安排。

第二章〈《唐詩品彙》選評劉長卿詩歌要旨——兼論明清對劉長卿的盛中唐歸屬〉：劉長卿詩歌語意重複的問題十分突出，然而在明、清主要唐詩選本中，其仍然在前十大詩家之列。因此，本章以高棅《唐詩品彙》為切入點，行文上先藉由高棅對劉長卿的盛、中唐定位，與王維、錢起的比較，釐清高棅選評劉長卿詩歌的要旨，而後探討明、清詩學家對劉長卿盛、中唐詩人的劃分，希冀能由此而重新審視劉長卿在盛、中轉接之際的歸屬問題。

第三章〈《唐詩鏡》與《唐詩別裁集》選評劉長卿之詩體比較——兼論明、清詩話對劉長卿擅長詩體之爭議〉：本章探討劉長卿最擅長並值得關注的，究竟為何種詩歌體裁。劉長卿「五言長城」的討論眾多紛紜，卻莫衷一是，劉長卿之五言是否優於七言，亦非定論。明代陸時雍《唐詩鏡》更關注劉長卿的古體，並評價劉詩「巧還傷雅」。清人沈德潛（1673～1769）恰恰相反，所編《唐詩別裁集》更關注劉長卿的律詩而評劉詩「巧不傷雅」。兩者態度截然不同，因此，筆者比較這兩個選本對劉長卿各個詩體的選評，參照對比，進而引申至明、清詩論對劉長卿所擅長詩體的不同看法。

第四章〈《大曆詩略》選評劉長卿詩風要旨——兼論劉長卿體氣開大曆之先〉：劉長卿兼具盛、中唐詩歌特色，喬億《大曆詩略》又直述劉長卿「體氣開大曆之先也」。故而，本章欲借助《大曆詩略》，進一步討論在中唐詩歌史的視野中，當如何看待劉長卿的詩歌，並據此而分析劉長卿的詩歌風格。同時在與其他大曆詩人的對比中，探究劉氏「體氣開大曆之先」的原因。

第五章〈《唐詩三百首》與《唐詩成法》選評劉長卿詩法比較——兼論今人「新編唐詩三百首」冷落劉長卿之緣由〉：明、清詩家多有談及「學劉」，因此，本章欲從童蒙學本《唐詩三百首》與《唐詩成法》切入，比較兩者選評劉詩的異同，再結合選詩內容與說解方式，從而探究初學本選評劉長卿詩歌的面貌。另外，綜觀今人「新編唐詩三百首」，僅有三個選本，劉長卿得以排進前十大詩家，與明、清選錄劉詩形成鮮明對比。是故，本章亦將分析今人新編選本，解釋劉長卿受今人冷落的原因。

第六章〈結論〉：本章概述全文研究成果，並提出本論文可加以延伸探討的議題，作為日後深入研究的方向。

本論文以「明、清唐詩選本中的劉長卿」為研究議題，是藉由深入剖析明、清兩代的唐詩選本，再結合相關詩話，釐清明、清之人如何看待劉長卿的詩歌。首先，本論文各章節從唐詩選本出發，析論了劉長卿的時代歸屬、擅寫詩體、詩歌風格、詩史意義以及童蒙學本選評劉詩的概貌和今人冷待劉長卿的原因，為理解劉長卿的詩歌提供了新的視角。再次，因唐詩選本能具體呈現後世讀者對於唐詩的接受度，並彰顯編選者的個人詩學傾向，故透過本論文的探討，應可為明清時期劉長卿詩歌傳播接受史的研究，提供基礎。最後，古今落差大的詩人，不只劉長卿一人，希冀對劉長卿的討論，能引起學界對這些詩人進一步的關注，以了解古今編選者的選詩差異。

第二章 《唐詩品彙》選評劉長卿詩歌要旨——兼論明清對劉長卿的盛中唐歸屬

第一節 前言

唐人高仲武（？～？）評劉長卿（725～789）：「大抵十首以上，語意稍同，於落句尤甚，思銳才窄也。」〔註1〕高仲武認為劉長卿思想敏銳，但才氣不足，因此劉詩語意重複的問題十分突出。然而即使如此，在明清主要唐詩選本中，劉長卿皆在前十大詩家之列（見附錄一）。因此，本文欲透過古代唐詩選本，由古人關注之重點，探討劉長卿何以受到古代選詩家的關注，從而重新審視劉長卿的詩歌地位，觀察其詩歌在後世的接受性。

本文以高棅（1350～1423）《唐詩品彙》為研究文本，主要基於以下三個原因：

首先是彙。高棅所選《唐詩品彙》選詩豐富，眾體皆備，且包含唐朝各個時期，共錄唐代作者 620 人，選詩 5769 首。〔註2〕高棅欲借

〔註1〕唐．高仲武：《中興間氣集》，任繼愈、傅璇琮總主編：《文津閣四庫全書》第 445 冊（北京：商務印書館，2005 年），卷下，頁 7a。

〔註2〕數據引自明．高棅：《唐詩品彙》（上海：上海古籍出版社，1988 年），總敘，頁 4b。以下引用《唐詩品彙》皆採用隨文註，不再另作說明。

《唐詩品彙》而盡量展現唐詩的全貌，其云：

> 載觀諸家選本，詳略不侔，《英華》以類見拘，《樂府》為題所界，是皆略於盛唐，而詳於晚唐。他如《朝英》、《國秀》、《篋中》、《丹陽》、《英靈》、《間氣》、《極玄》、《又玄》、《詩府》、《詩統》、《三體》、《眾妙》等集，立意造論，各該一端，惟近代襄城楊伯謙氏《唐音》集，頗能別體制之始終，審音律之正變，可謂得唐人之三尺矣，然而李、杜大家不錄，岑、劉古調弗存，張籍、王建、許渾、李商隱律詩，載諸正音，渤海高適、江寧王昌齡五言，稍見遺響。每一披讀，未嘗不嘆息於斯。（總敘，頁 3b～4a）

高棅以為諸家選本或詳略不同，或立意造論，各該一端。雖元人楊士弘（字伯謙，？～？）之《唐音》能別體制，審音律，得唐人三尺，然而亦有不錄李白（701～762）、杜甫（712～770）的缺失等。可見高棅意在彙集唐詩，以全周詳，如其所言：「是編不言選者，以其唐風之盛，採取之廣，故不立格，不分門，但以五七言、古今體分別類從，各為卷……凡不可闕者，悉錄之，此品彙之本意也。」（凡例，頁 1a～1b）《品彙》不立格分門，甚至不以「詩選」為名，為是悉錄唐詩中不可或缺者，呈現唐詩的整體風貌。在此種背景下，更能清晰而客觀地審視劉長卿的詩歌地位。

再者是品。高棅在《唐詩品彙》已評品定目，為研究劉長卿提供了方便法門，其曰：「由是遠覽窮搜，審詳取捨，以一二大家，十數名家，與夫善鳴者，殆將數百，校其體裁，分體從類，隨類定其品目，因目別其上下、始終、正變，各立序論。」（總敘，頁 4a～4b）又曰：「諸體集內定立正始、正宗、大家、名家、羽翼、接武、正變、餘響、傍流諸品目者，不過因有唐世次文章高下，而分別諸卷。」（凡例，頁 1b）即詳覽殆盡數百詩家，在各體類（五古、七古、五絕、七絕、五律、五排、七律）之下，因唐世次文章高下而定九品。但高棅卻不全以時代先後區分，其語：

> 大略以初唐為正始，盛唐為正宗、大家、名家、羽翼，中唐為接武，晚唐為正變、餘響，方外異人等詩為傍流，間有一二成家，特立與時異者，則不以世次拘之。（凡例，頁 1b～2a）

根據引文，高棅雖有世次高下之分，但亦能挑選出一二「特立與時異者」，如將初唐詩人陳子昂（661～702）列在盛唐之正宗，而中唐詩人劉長卿、錢起（722？～780）、韋應物（737～792）和柳宗元（773～819）等同在盛唐之名家，可知高棅不因詩人所處時代，而抹煞詩歌之優異。

此外，筆者還注意到，在明清主要唐詩選本的前十大詩家中，劉長卿多在第四名開外，如在《唐詩解》中為第五，在《唐詩別裁集》重訂本中為第七，罕見有擠進前四大詩家者，《唐詩品彙》為唯一一個劉長卿位列第三的唐詩選本，可詳見〈附錄〉。在《唐詩品彙》中，劉長卿所選錄詩歌量達到 172 首，高於王維（699～761）所錄 167 首（位列第四），且高棅屢次錢、劉並列，錢起卻只選 148 首，位於第五（見表 1）。因此，本章以高棅《唐詩品彙》為切入點，先藉由高棅對劉長卿的盛、中唐定位，與王維、錢起的比較，釐清高棅選評劉長卿詩歌的要旨，而後探討明、清詩學家對劉長卿盛、中唐詩人的劃分，希冀能由此而檢視劉長卿在盛、中唐轉接之際的歸屬問題。

表 1 高棅《唐詩品彙》前十大詩家

詩人	李白	杜甫	劉長卿	王維	錢起	韋應物	岑參	高適	王昌齡	孟浩然
選錄數量	398	299	172	167	148	143	129	112	97	87

第二節 《唐詩品彙》的四唐詩觀

學界對高棅的「盛唐觀」與「正變觀」已多有討論，高棅以盛唐為宗已是學界共識，〔註3〕因此本節對此不再重複論證，只略作介紹，以利於後文論述。

高棅對四唐的區分是根據唐詩的四變，其云：

> 唐詩之變漸矣。隋氏以還，一變而為初唐，貞觀、垂拱之詩是也；再變而為盛唐，開元、天寶之詩是也；三變而為中唐，大曆、貞元之詩是也；四變而為晚唐，元和以後之詩是也。（〈五言古詩敘目〉，頁11a～11b）

高棅以四唐而刻劃出唐詩發展的脈絡，反映出他的唐詩史觀，初、盛、中、晚逐漸變化，而各有不同。而九品則是更深入的分類，進一步體現出唐詩的發展變化與差異。

〈前言〉已述，高棅《唐詩品彙》九品分目中，「正始」為初唐，「正宗」、「大家」、「名家」、「羽翼」為盛唐，「接武」為中唐，「正變」、「餘響」為晚唐。高棅言「正始」：

> 使學者本始知來，遡真源，而遊汗漫矣。（〈五言古詩敘目〉，頁3a）

列入「正始」者，皆為初唐詩人。因此，高棅將初唐視為唐詩發展的源頭，是為「本始知來」。

高棅簡單道過初唐，而對於盛唐則論述較多，詳見：

> 言「正宗」：使學者入門立志，取正於斯，庶無他歧之惑。（〈五言古詩敘目〉，頁4b）
>
> 余於是編，正宗既定，名家載列，根本立矣。奈何羽翼未成，

〔註3〕如孫青春：〈論高棅的「正變」觀〉，《內蒙古大學學報（人文社會科學版）》第37卷第2期（2005年3月），頁68～73。查清華：〈《唐詩品彙》的美學範式及其詩學意義〉，《上海師範大學學報（哲學社會科學版）》第38卷第1期（2009年1月），頁29～35。閆霞：〈文學史意識與盛唐經典觀：論高棅《唐詩品彙》〉，《文藝評論》（2012年10月），頁28～32。申東城：〈論《唐詩品彙》的詩體正變觀〉，《安徽農業大學學報（社會科學版）》第18卷第4期（2009年7月），頁78～84。蔡瑜：〈高棅選詩準則析論〉，《高棅詩學研究》（臺北：國立臺灣大學出版委員會，1990年），第四章第一節，頁146～165。

> 爰自採摭……相與發明斯道，賡歌鼓舞，以鳴乎盛世之音者矣……學者觀之，能審諸體而辯所來，庶乎不作開元、天寶以下人物與！夫野狐外道，蒙蔽其真識者，又奚足以知此哉。（〈五言古詩敘目〉，頁 8b～9b）

「正宗」則是唐詩典範，是入門之正者，與「名家」共同構成唐詩的根本。而「羽翼」則略遜之，但亦能反映出盛世之音，品格仍近盛唐。「大家」則專為杜甫一人而設，此品目中，只選杜詩。可見，高棅將盛唐視為唐詩的核心。

另外，高棅言及中唐，則是：

> 繼述前列，提挾風騷，尚有望於斯人之徒歟……題曰接武，以紹天寶諸賢之後，俾學者知有源委矣。（〈五言古詩敘目〉，頁 11a）

據引文可知，高棅將中唐定義為「接武」，即是指中唐文風又變，但仍可紹述盛唐，有承繼持守之功。因此，在高棅的四唐詩觀中，中唐作為盛唐的承續而存在。

最後，高棅論晚唐「正變」：

> 幸其遺風之變，猶有存者，故曰：「正變」（〈五言古詩敘目〉，頁 12a）

> 雖不足以鳴乎大雅之音，亦變風之得其正者矣。（〈七言律詩敘目〉，頁 5a）

以上兩則引文，皆可見「正變」雖然已無盛唐之音，但尚存盛唐的一些特質，並未全然消失，是變中有正者。

從上文四唐及九品分目中，已可初步感知，高棅以盛唐為宗的詩觀，初、中、晚三唐皆是圍繞盛唐而言。王偁（1370～1415）曾引高棅詩論曰：

> 詩自三百篇以來，漢魏質過於文，六朝華浮於實，得二者之中，備風人之體，唯唐詩為然。然以世次不同，故其所作亦異，初唐聲律未純，晚唐習氣卑下，卓卓乎其可尚者，又唯盛唐為然。（王序，頁 8a～8b）

高棅論述了漢魏六朝以及初、晚唐詩歌的不足之處，認為其間只有盛唐能得「風人之體」，正如前文「定立九品」所提及，高棅以盛唐為「宗」。因此，高氏言：「是編之選，詳於盛唐，次則初唐、中唐，其晚唐則略矣。」（凡例，頁 3a）同時，從《唐詩品彙》所選詩歌數量看（不含六言詩），盛唐共選 2134 首，遠多於初唐 779 首、中唐 1419 首及晚唐 1038 首。雖然晚唐選詩數目多於初唐，與上述〈凡例〉所言有所出入，但依舊是「詳於盛唐」，並不影響高棅以盛唐為「正」的結論。

除了守「正」之外，高棅亦關注詩歌的變化，從而達到審變歸正的目的。高棅曾言：

> 有唐三百年詩，眾體備矣。故有往體、近體、長短篇、五七言律句絕句等制，莫不興於始，成於中，流於變，而陊之於終。（總敘，頁 1a）
>
> 嗚呼！唐詩之偈，弗傳久矣。唐詩之道，或時以明……審其變而歸於正，則優游敦厚之教，未必無小補云。（總敘，4b～5a）

馬得華（？～？）為《唐詩品彙》作序云：「於是考摭正變，第其高下，從類而定品，仍各敘篇端，鑿鑿甚明。」（馬序，頁 3a～3b）林慈（？～？）序亦曰：「高君廷禮……一旦恍然有得，謂同志曰：『悉取唐詩……因其時世之後先，審其聲律之正變，分編定目。』」（林敘，頁 12a～12b）高棅談到唐代建國三百年以來，詩歌眾體皆備。同時，古體、近體詩無一不經歷興起、成熟、變化，而最終墮落的過程。因此，高棅希望借助《唐詩品彙》而明唐詩之道，通過觀察唐詩的變化，而最終達到盛唐之正宗。從馬得華和林慈的序言中，也均印證了高棅審變之心。

綜上，參考蔡瑜的說法，高棅因以盛唐為正格，故正格形成之前，是為「不及」，名為「始」。正格既成以後，必有一段接續持守之期，是為「接武」。在盛極而衰時，方有繁音日滋，流風之變。「正變」，一方面因居流變的時代中，明顯具有一些轉變的特性，一方面又同時具備一些正格的質素。〔註4〕同時，高棅以盛唐為宗，並有「審變而歸正」之心。可見，在高棅的四唐詩觀中，盛唐為核心，中唐的特殊之處正是在其為盛唐之接續。在此前提下，筆者再審視高棅對劉長卿的盛、中唐定位。

第三節　高棅四唐詩觀中劉長卿的盛、中唐定位

在高棅四唐詩觀下，再觀中唐被列為「接武」，依蔡瑜所釋義：「中唐詩壇為文體盛極趨變的開端，風格雖已漸漸偏離於盛唐，不過在聲調、氣格上，仍保持與盛唐近似的特質，居承繼持守之功，故足以紹述盛唐詩人之後，維持一個相當的盛況。尤其是中唐述作之多，不減盛時……因此接武之作，雖不足以比美盛唐，然而在整個唐詩史上，自有其紹述盛時的歷史地位。」〔註5〕可見，中唐作為一個過渡階段而存在。據筆者考察，劉長卿為其中的關鍵人物，因此被高棅所重視，以下具體展開分析。

高棅在〈凡例〉中既已提出：「間有一二成家，特立與時異者……劉長卿、錢起、韋、柳與高、岑諸人同在名家者是也。」（凡例，頁2a）似乎已有定論，將劉長卿列為盛唐範疇中的名家。但若檢視《唐詩品彙》對劉長卿的品目安排，從表2可發現劉長卿居於名家者，僅五言古詩而已。另同列盛唐者，則是七律，然被歸屬於「羽翼」一目。其餘則均是中唐之接武。

表2　高棅《唐詩品彙》對劉長卿各種詩體的品目安排

詩體	五古	七古	五絕	七絕	五律	五排	七律
品目	名家	接武	接武	接武	接武	接武	羽翼

〔註4〕蔡瑜：《高棅詩學研究》，頁71～73。
〔註5〕蔡瑜：《高棅詩學研究》，頁71。

高棅〈五古敘目〉曰：

> 夫詩莫盛於唐，莫備於盛唐，論者惟杜、李二家為尤。其間，又可名家者十數公……乾元以後，劉、錢接跡，韋、柳光前，人各鳴其所長……劉隨州之閒曠，錢考功之清贍，韋之靜而深，柳之溫而密，此皆宇宙山川英靈間，氣萃於時，以鍾乎人矣。嗚呼，盛哉！今俱列之名家……學者遡正宗而下觀此足矣。（五言古詩敘目，頁 6b～7a）

按五古敘目所言，詩歌在唐代達到鼎盛，以李白杜甫二人最為出彩，此外又有十數名家。到了乾元之後，劉長卿閒曠，錢起清贍，可相接繼，是「特立與時異者」，鍾靈毓秀，尚可列為名家而上溯正宗。另外，高棅在五古接武又提到此點：

> 嗚呼！天寶喪亂，光嶽氣分，風槩不完，文體始變。其間劉長卿、錢起、韋應物、柳宗元後先繼出，各鳴一善，比肩前人，已列之於名家無復異議。（五言古詩敘目，頁 10b）

高棅認為天寶喪亂後，文體開始改變，其間劉長卿等人先後繼出，各鳴所長，能與前人匹敵，列於名家而無異議。高棅重複提及，且關鍵均在於能接跡前人，說明他對於中唐詩人能保持盛唐風概的重視。高棅將劉長卿列入盛唐的詩體，除五古外，還有七律，高棅云：「天寶以還，錢起劉長卿並鳴於時，與前諸家實相羽翼，品格亦近似……今合二家詩三十九首為羽翼。」（七言古詩敘目，頁 2b～3a）關注點與五古相一致，重在能與前諸家堪為羽翼。

劉長卿的其餘詩體則皆入中唐，名「接武」。高棅在七古條下曰：

> 中唐來作者亦少可以繼述前諸家者，獨劉長卿、錢起，較多聲調。（七言古詩敘目，頁 5a）

〈七言絕句敘目〉云：

> 大曆以還，作者之盛，駢踵接跡而起，或自名一家，或與時唱和……逮至元和末而聲律不失，足以繼開元、天寶之盛。今因時之先後篇什之多寡定立上下卷，卷分為四，以劉長卿、錢起、韋應物、皇甫冉、韓翃、盧綸六人，共詩六十九首，為上卷之一。（七言絕句敘目，頁 4b）

〈五言律詩敘目〉言：

> 中唐作者尤多，氣亦少下。若劉、錢、韋、郎數公，頗紹前諸家……其有合作者，遺韻尚在，猶可以繼述盛時……觀者以見乎近體之盛。雖唐之文章屢變，而未全衰也如此。（五言律詩敘目，頁 6a～7a）

從上述三則引文可知，大曆以還，中唐以來，作者雖多，或自成一家，或與時唱和，然文章屢變，僅錢、劉二人能在各體詩歌中紹述前諸家，承繼盛唐，以致聲律不失，遺韻尚存，無怪乎高棅說：「中唐來作者亦多，而錢、劉二子尤盛。」（五言排律敘目，頁 5b～6a）而且以上三則引文不斷出現「繼述」「紹」等詞，可以合理推測，高棅所言「錢、劉二子尤盛」，其所以盛者，正在傳承盛唐。

另外，高棅在六言附中談到：「六言……逮開元、大曆間，王維劉長卿諸人，相與繼述，而篇什稍屢見。然亦不過詩人賦咏之餘矣……附於五言絕句之後，以備一體。」（六言附，頁 6a）據引文，六言需到王維、劉長卿等人先後接續，篇什才得以擴充。雖仍不過「賦咏之餘」，然而從「以備一體」的角度言，劉長卿自有其作為中唐詩人的獨特性。

以上高棅雖不獨論劉長卿，而是與錢起、韋應物、盧綸（739～799）、皇甫冉（716～769）、柳宗元、韓翃（719～788）、郎士元（727～780）等人相提並論，然而選詩數卻頗有差距。筆者先對以上諸位詩人作一釐清，錢起則後文作專節討論。

表 3 《唐詩品彙》劉長卿及與其並論之詩人各體詩歌選錄數量

詩　人	五古	七古	五律	七律	五排	五絕	六絕	七絕	合計
劉長卿	40	20	31	21	20	18	4	18	172
錢起	28	13	21	19	26	31	0	10	148
韋應物	93	7	13	4	1	13	0	12	143
盧綸	8	5	14	5	15	7	1	10	65
皇甫冉	4	3	15	9	10	9	3	8	61
柳宗元	30	3	2	2	2	6	0	3	48

韓翃	0	9	12	9	2	2	3	10	47
郎士元	7	2	17	6	0	1	0	5	38

從表 3 中可看到，選詩數達百首以上者，除劉長卿與錢起外，僅韋應物一人。然而韋應物僅是五古一欄較為突出，高達 93 首，但其餘詩體卻是寥寥，是而無法與劉長卿相較。同列五古名家之柳宗元，亦是同理，只五言古詩所選較多。而其他詩人，並非諸體皆與劉長卿並論，如皇甫冉、韓翃、盧綸三人僅有七絕與劉齊名，郎士元則是五律一體和劉並稱，所選皆不多。從選錄數量來看，高棅對劉長卿不僅諸體皆選，數量也遠超越中唐諸人。可見高棅對劉長卿的獨厚之意。

綜上，筆者認為高棅將劉長卿作盛中交際之詩人看待，即一方面把劉長卿的五古和七律劃入盛唐行列，另一方面把劉氏的其餘詩體歸為中唐，然而雖是中唐，卻仍能紹述盛時，接跡盛唐。可以說，劉長卿的特殊之處正在於將變未變，亦盛亦中。

第四節　《唐詩品彙》中的劉長卿與錢起、王維

以《唐詩品彙》選錄詩歌數量論，劉長卿排第 3 名（172 首），位於盛唐詩人王維之前，而錢起排第 5 名（148 首）。然而，高棅屢次將錢、劉並列，且二人同為大曆詩人，處於盛中轉關之際。那麼，是什麼導致二人排名上的落差，本節試圖對此作出解釋。

一、劉長卿與錢起比較

劉長卿詩歌 506 首，〔註 6〕而錢起僅 323 首，〔註 7〕在高棅《唐詩品彙》總選詩多達 5769 首的情況下，劉長卿詩歌自然更可能多被

〔註 6〕數據統計自唐．劉長卿：《劉隨州集》，收入《景印文淵閣四庫全書》第 1072 冊（臺北：臺灣商務印書館，1983 年）。下〈表 7 劉長卿、王維各體詩歌數量比較〉劉長卿詩歌數量出處同。

〔註 7〕數據統計自唐．錢起：《錢仲文集》，收入《景印文淵閣四庫全書》第 1072 冊。

高棅選錄。然而，此為客觀詩歌數量所致，還是由於高棅對二人評價不同，尚須進一步釐清。

首先檢視表 4，可發現高棅《唐詩品彙》在分卷時，均將劉長卿與錢起安排在同一卷，且以並稱的形式出現。

表 4 高棅《唐詩品彙》對劉長卿、錢起的分卷論述

今俱列之名家，第為上下，以儲孟二王高岑常李為上卷，**劉**、**錢**、韋、柳為下卷……學者遡正宗而下觀此足矣。（五言古詩敘目，頁 7a）
中唐來作者亦少可以繼述前諸家者，**獨劉長卿**、**錢起**，較多聲調……今皆取之分為二卷，以**劉**、**錢**、韓三家合詩四十二首為上卷。（七古卷 32，頁 5a～5b）
中唐雖聲律稍變，而作者接跡之盛，尤過於天寶諸賢。今分為三卷，以**劉長卿**、**錢起**、韋應物、皇甫冉共詩七十一首為上卷。（五言絕句敘目，頁 4a）
今因時之先後、篇什之多寡定立上下卷，卷分為四，**以劉長卿**、**錢起**、韋應物、皇甫冉、韓翃、盧綸六人，共詩六十九首，為上卷之一。（七言絕句敘目，頁 4b）
今自乾元下至元和間，諸賢之詩，分為四卷。以**劉長卿**、**錢起**、韋應物、郎士元共詩八十二首為上卷。（五言律詩敘目，頁 6a～7a）
今分為三卷以**錢起**、**劉長卿**合詩四十六首為上卷。（五言排律敘目，頁 5b～6a）
天寶以還，**錢起**、**劉長卿**並鳴于時，與前諸家實相羽翼，品格亦近似。（七言律詩敘目，頁 2b～3a）

此外，從第三節的諸例引文也可看到，高棅並論劉長卿與錢起。換言之，在《唐詩品彙》中，劉長卿與錢起的五古、七律，皆分別為盛唐名家和羽翼，七古、五律、五排、五絕、七絕則同為中唐接武。可見在高棅的四唐詩觀下，高棅並未刻意一分高下，而是將二人視作同等地位，在四唐的定位上也完全一樣，即作為盛中交際之詩人看待。

不僅高棅屢將劉長卿、錢起並稱，在高棅之後，劉、錢亦常常被並列提及，誠如翁方綱（1733～1818）語：「盛唐之後，中唐之初，一

時雄俊，無過錢、劉。」〔註8〕錢起與劉長卿才幹出色，成為盛中轉折之際最優秀的詩人，同時這也引起了歷來詩家對二人高低的評價。例如，明代王世貞（1526～1590）言：

> 錢、劉並稱故耳，錢似不及劉。錢意揚，劉意沈；錢調輕，劉調重。如「輕寒不入宮中樹，佳氣常浮仗外峰」，是錢最得意句，然上句秀而過巧，下句寬而不稱。劉結語「四馬翩翩春草綠，昭陵西去獵平原」，何等風調！「家散萬金酬士死，身留一劍答君恩」，自是壯語。〔註9〕

按王世貞所論，「輕寒不入宮中樹，佳氣常浮仗外峰」作為錢起最得意的句子，然而上句過於秀巧，如「寒」字用「輕」字來修飾，下句「佳氣常浮仗外峰」並未像「宮中樹」一樣，有一個具體的聚焦點，過於寬泛，因此二句不相稱。而反觀劉長卿之「四馬翩翩春草綠，昭陵西去獵平原」，「家散萬金酬士死，身留一劍答君恩」風調可歌，充滿豪氣。兩相對比之後，王世貞得出結論：錢起意揚調輕，而劉長卿意沈調重，因此錢、劉雖有並稱，但錢比不上劉。

再如許學夷（1563～1633）所云：

> 錢、劉五言古，平韻者多忌「上尾」，仄韻者多忌「鶴膝」。劉句多偶麗，故平韻亦間雜律體，然才實勝錢。七言古，劉似沖淡而格實卑，調又不純；錢格若稍勝而才不及，故短篇多鬱而不暢，蓋欲鋪敘而不能耳。〔註10〕
>
> 中唐雖稱「錢劉」，而錢實遜劉。〔註11〕

許學夷分析，錢起與劉長卿的五古，都有「上尾」「鶴膝」之病。〔註12〕劉長卿雖然句子多對偶駢儷，且古律間雜，但才氣勝於錢起；

〔註8〕清・翁方綱：《石洲詩話》，郭紹虞編選，富壽蓀校點：《清詩話續編》（上海：上海古籍出版社，1999年），卷2，頁1384。

〔註9〕明・王世貞撰：《藝苑卮言》，清・何文煥、丁福保輯：《歷代詩話統編》第3冊（北京：北京圖書館，2003年），卷4，頁5b～6a。

〔註10〕明・許學夷：《詩源辯體》（北京：人民文學出版社，1987年），頁357。

〔註11〕明・許學夷：《詩源辯體》，頁357。

〔註12〕「上尾」指在詩歌聲律上犯雙聲之病。凡上句尾字與下句尾字，或第一句尾字與第三句尾字為雙聲。「鶴膝」有三種說法：一為五言詩兩

至於七古，劉長卿看似淡泊平和，實則是格調卑下，錢起看似略勝一籌，然其才學不及，不能平鋪直敘，而使短篇凝滯不通暢。因此，總體上在許學夷看來，錢起要遜色於劉長卿。

此外，其他明清詩論家對於劉長卿的評價也是高過錢起。明代顧璘（1476～1545）曰：「劉公雅暢清夷，中唐獨步。表曰：『五言長城』，允矣無愧。」〔註 13〕清人方東樹云：「大曆十子以文房為最。」〔註 14〕顧璘評價劉長卿「中唐獨步」，典雅流暢，恬淡平易，超羣出眾，言為「五言長城」，當之無愧。方東樹也認為大曆詩人，「以文房為最」。清人李重華（1682～1755）更是直言「大曆名手，錢不如劉。」〔註 15〕換言之，劉長卿的詩歌創作優於錢起。

在附錄所列明清主要唐詩選本中，劉長卿雖然排名各有不同，但都在前十大詩家之列。而錢起則未必，如明代李攀龍（1514～1570）《古今詩刪》，鍾惺（1574～1624）、譚元春（1586～1637）《唐詩歸》，陸時雍（？～1640）《唐詩鏡》，清代沈德潛（1673～1769）《唐詩別裁集》初刻本與重訂本，孫洙（1711～1778）《唐詩三百首》，楊逢春（1709～？）《唐詩繹》等，在這些唐詩選本中，錢起皆未躋身前十大詩家。而在明代唐汝詢《唐詩解》、清代宋宗元《網師園唐詩箋》中，錢起雖列入前十大詩家，然而排名卻都在劉長卿之後。目前筆者僅見清代王堯衢《唐詩合解》將錢起列於劉長卿之前，然而前後亦只相差一名。

因此，劉長卿雖在詩歌上亦有「格卑」、「古律間雜」等問題，然而誠如陳順智所述：「即以錢、劉而論，不管是思想感情，還是藝術表

聯中的第五字和第十五字同聲；一為全句中首尾兩字平聲而第三字仄聲；一為全句皆清而中一字濁。「上聲」「鶴膝」均屬詩歌八病。

〔註 13〕筆者未能得見元·楊士弘輯，明·顧璘批點：《批點唐音》，故轉引自陳伯海主編：《唐詩匯評》上冊（杭州：浙江教育出版社，1995 年），頁 467。

〔註 14〕清·方東樹：《昭昧詹言》（臺北：漢京文化事業有限公司，1985 年），卷 18，頁 419。

〔註 15〕清·李重華：《貞一齋詩說》，丁福保編：《清詩話》下冊（上海：上海古籍出版社，1978 年），頁 926。

現，『錢實遜劉』。劉長卿在思想感情上既敏銳且準確地把握住了時代的脈搏，在藝術追求上既全面且成功地體現了時代的風貌和由盛之中的軌跡，因此能夠『啟中、晚之濫觴』，能夠『斷截晚唐家數』。唯其如此，所以劉長卿不僅成了大曆之翹楚，而且也同時成了中唐之先鞭。」〔註16〕就錢、劉二人比較而言，「錢實遜劉」，而且劉長卿能「啟中、晚之濫觴」，「斷截晚唐家數」。

綜上，高棅在其視中唐為盛唐接武的詩觀下，劉長卿與錢起的地位等同，並未刻意一分高下。而明清詩論家則從錢、劉詩歌比較的角度出發，普遍認為劉長卿優於錢起。

二、劉長卿與王維比較

根據上文，劉長卿與錢起同為大曆時代詩人，而劉長卿選錄數高於錢起，或可理解。但是王維身為盛唐詩家，何以又位於劉長卿之後？本節擬探討此一話題。

從表5中可看到，高棅認可王維是盛唐詩人，位於正宗者有四，分別為五絕、五律、五排、七律，位於名家者二，分別為五古和七古，位於羽翼者一，為七絕。而劉長卿僅五古和七律列為盛唐品目的名家與羽翼，其餘皆是中唐品目的接武。另從各體敘目看，高棅或將王維與李白同列正宗，稱王、李二公「尤勝諸人」，又或是位於李、杜之下，身為名家，可溯正宗。惟七絕稍弱，但仍屬羽翼。可發現，高棅對於王維的評價是優於劉長卿的。

表5　高棅《唐詩品彙》對王維的品目安排及論述

詩　體	品目	敘　目
五言古詩	名家	其間又可名家者十數公，至如子美所贊詠者：王維、孟浩然……學者遡正宗而下觀此足矣。（五言古詩敘目，頁6b～7a）

〔註16〕陳順智：《劉長卿詩歌透視》（武漢：湖北人民出版社，1994年），頁185。

七言古詩	名家	盛唐工七言古調者多李杜，而下論者推高岑王李崔顥數家為勝。（七言古詩敘目，頁3a）
五言絕句	正宗	開元後，**獨李白、王維尤勝諸人**。（五言絕句敘目，頁2a）
七言絕句	羽翼	正宗之外，同鳴於時者，王維、賈至、岑參亦盛。（七言絕句敘目，頁2b）
五言律詩	正宗	盛唐律句之妙者，**李翰林氣象雄逸**，孟襄陽興致清遠，**王右丞詞意雅秀**，岑嘉州造語奇峻，高常侍骨格渾厚，皆開元天寶以來名家。（五言律詩敘目，頁3b）
五言排律	正宗	開元後作者之盛、聲律之備，**獨王右丞、李翰林為多**。（五言排律敘目，頁3a）
七言律詩	正宗	盛唐作者雖不多，而聲調最遠品格最高……又如賈至、王維、岑參早朝倡和之什，當時各極其妙，**王之眾作尤勝諸人**……是皆足為萬世程法。（五言古詩敘目，頁2a）

然而，王維的詩歌入選數量卻要少於劉長卿，筆者以為這與二人的詩歌總創作數有關。如同上文所言，《唐詩品彙》選詩眾多，而王維詩歌總數僅 374 首，〔註 17〕遠少於劉長卿詩歌數 506 首。這種情況下，劉長卿無疑是占優勢的。此點，可從高棅《唐詩正聲》中得到印證。《唐詩正聲》精選後總選詩 933 首，王維詩選錄 56 首，多於劉長卿詩 48 首。〔註 18〕但在數量浩繁的《唐詩品彙》中，二人實際入選數只相差 5 首（見表 6），幾乎可忽略不計。

仔細觀察表 6，可看到王維入選詩歌數少於劉長卿者，均在七言詩，這本就是王維創作較少的詩歌體裁（見表 7），尤其是七律。王維七律詩即使全部入選，也不過 20 首，仍少於劉長卿的 21 首。而反觀劉長卿諸體七言詩，創作數量皆高於王維，七律更是高達 64 首，遠多於王維七律詩歌總數。

〔註 17〕數據統計自唐・王維撰，清・趙殿成箋注：《王右丞集箋注》，收入《景印文淵閣四庫全書》第 1071 冊。下〈表 7 劉長卿、王維各體詩歌數量比較〉王維詩歌數量出處同。

〔註 18〕數據統計自明・高棅輯選，明・吳中珩校訂：《唐詩正聲》(帝城書坊藏版，早稻田大學圖書館藏)。

表 6 《唐詩品彙》劉長卿、王維各體詩歌選錄數量

四唐	詩人	五古	七古	五律	七律	五排	五絕	六絕	七絕	合計
中	劉長卿	40	**20**	31	**21**	20	18	4	**18**	**172**
盛	王維	40	**17**	40	**13**	15	25	5	**12**	**167**

表 7 劉長卿、王維各體詩歌數量比較

詩人	五古	七古	五律	七律	五排	五絕	六絕	七絕	合計
劉長卿	70	**27**	216	**64**	57	29	5	**38**	506
王維	112	**22**	103	**20**	40	48	7	**22**	374

除上述外，劉長卿本身詩歌創作中，亦有不輸王維處，如高步瀛（1873～1940）引姚鼐（1731～1815）評〈碧澗別墅喜皇甫侍御相訪〉：

何減摩詰！〔註 19〕

再如，清人范大士（？～？）評〈渡水〉：

彷彿輞川絕句。〔註 20〕

又，潘德輿（1785～1839）曰：

隨州古近體清妙，可與王、孟埒。〔註 21〕

另，李因培（1717～1767）亦論：

文房五言，格韻高妙，絕處不減摩詰。〔註 22〕

根據上述引文，劉長卿的五律〈碧澗別墅喜皇甫侍御相訪〉、五絕〈渡水〉亦不亞於王維，甚至如出一轍，難以區分。潘德輿認為劉長卿的古近體詩清新美妙，可匹敵王維和孟浩然（689～740）。李因培也評

〔註 19〕清．高步瀛：《全本唐宋詩舉要》（北京：中國書店，2014 年），卷 4，頁 449。

〔註 20〕清．范大士輯評：《歷代詩發》第 1 冊（海口：海南出版社，2000 年），卷 20，頁 1b。

〔註 21〕清．潘德輿：《養一齋詩話》，郭紹虞編選，富壽蓀校點：《清詩話續編》，卷 4，頁 2063。

〔註 22〕清．李因培：《唐詩觀瀾集》（本衙藏版，乾隆己卯新鐫，哈佛大學燕京圖書館藏），卷 22，頁 2a。

論劉長卿五言高超絕妙，卓越處「不減摩詰」。可見，劉長卿詩亦有傑出者，比起王維，毫不遜色。

綜上所述，《唐詩品彙》中劉長卿入選詩數高於王維，主要是由於王維本身的詩歌創作數不如劉長卿多，尤其是七言詩的部分。在高棅的總體評價中，王維仍是優於劉長卿的，並非重劉而輕王。此外，從後世的評價中，亦可看到劉詩中精彩處與王維不相上下。

第五節 明、清唐詩選本對劉長卿盛中唐歸屬的劃分

從上文可見，高棅根據詩體，將劉長卿定位成盛中唐轉接的詩人，即劉長卿的五古和七律屬於盛唐範疇，其餘詩體則落入中唐。在高棅之後，亦有選家討論劉長卿盛中唐歸屬的問題，本節將對此展開論述，以作更周詳的觀照。

首先，有選家把劉長卿純作盛唐詩人看待，但持此種看法的詩家並不多，僅見楊逢春等少數選家。由於楊逢春在《唐詩繹》中未談及劉長卿盛中劃分的問題，以及對劉長卿詩重在解析與註解，〔註23〕唯〈平藩曲〉後有一則評論：「寓規於頌，氣體高渾，音節雄邁。」〔註24〕故而筆者整理《唐詩繹》各體詩所選盛唐詩人名單（見表8），從表中可看到，楊逢春將劉長卿列於盛唐詩人之間，且位置固定，均在王維、孟浩然、崔顥（704～754）、王昌齡之後，在高適（？～765）、岑參（715～770）、李白、杜甫之前。因此，筆者認為楊逢春將劉長卿看作是盛唐詩人。

〔註23〕如楊逢春選劉長卿〈送邱（丘）為上都〉後述：「起二從自己不能入都，轉送人入都發慨，玩一『空』字自見。『楚思』句足上，『川程』句引下。『潮歸』二句，應轉到送別正位，卻從別後寫佇立悵望之情，絕不使一正筆。」見氏著：《唐詩繹》（紉香書屋藏板，哈佛大學燕京圖書館藏），卷3，頁14b。又如選〈從軍行〉（黃沙一萬里）後註解：「《漢書．武帝紀》：『帝行自雲陽，出長城北，登單于臺。』」見氏著：《唐詩繹》，卷3，頁15b。

〔註24〕清．楊逢春：《唐詩繹》，卷27，頁17a。

表 8 《唐詩繹》選錄各體著名盛唐詩人名單〔註 25〕

詩體	詩人（按《唐詩繹》目錄順序排列）								
五古	王維	孟浩然		王昌齡	劉長卿	高適	岑參	李白	杜甫
七古	王維	孟浩然			劉長卿	高適	岑參	李白	杜甫
五律	王維	孟浩然	崔顥		劉長卿	高適	岑參	李白	杜甫
七律	王維		崔顥		劉長卿	高適	岑參	李白	杜甫
五排	王維				劉長卿	高適	岑參	李白	杜甫
五絕	王維	孟浩然	崔顥	王昌齡	劉長卿		岑參	李白	杜甫
七絕	王維			王昌齡	劉長卿	高適	岑參	李白	杜甫

除了把劉長卿純作盛唐詩人看待外，還有選家與高棅觀點類似，如明代的鍾惺、譚元春，認為劉長卿是盛中交界的詩人。鍾、譚二人合編的《唐詩歸》，雖在體例安排上把劉長卿劃入中唐卷目，但從鍾、譚評語中可窺知，二人亦將劉長卿作盛唐詩人看待。鍾惺云：

> 七言律，詩家所難。初盛唐以莊嚴雄渾為長，至其癡重處，亦不得強謂之佳。耳食之夫，一槩追逐，滔滔可笑。張謂變而流麗清老，可謂善自出脫，劉長卿與之同調。俗人泥長卿為中唐，此君盛唐也，猶不足服其口耶？〔註 26〕
>
> 文房七言律以清老幽健取勝。〔註 27〕

按照鍾惺的觀點，盛唐詩人張謂（？～778）變「莊嚴雄渾」為「流麗清老」，一改初盛唐七律因過於謀求雄健渾厚而引起的凝重之氣。劉長卿與張謂同為一調，清幽老練，強而有力。俗人不知此，盲目追求雄渾的氣格，不見張、劉之風致，而錯將劉長卿歸入中唐。從七言律詩上言，鍾惺認為劉長卿正是盛唐詩人。其論劉長卿云：

〔註 25〕整理自清．楊逢春：《唐詩繹》。同時，為了比對明顯，略去劉昚虛、張巡、張謂等盛唐詩人，只整理耳熟能詳之盛唐詩人名單。

〔註 26〕明．鍾惺，明．譚元春：《唐詩歸》，收入《續修四庫全書》第 1589 冊（上海：上海古籍出版社，2002 年），卷 16，頁 18a～18b。

〔註 27〕明．鍾惺，明．譚元春：《唐詩歸》，收入《續修四庫全書》第 1589 冊，卷 25，頁 10b。

> 中晚之異於初盛，以其俊耳。劉文房猶從朴入。然盛唐俊處皆朴，中晚入朴處皆俊。〔註 28〕

譚元春點評劉七律〈北歸入至德界偶逢洛陽隣家李先宰〉「俱若是」三字：

> 至朴至苦，惟朴乃苦耳。〔註 29〕

以鍾、譚二人的說法，中晚唐與初盛唐的不同之處，正在於初盛「朴」而中晚「俊」。劉長卿仍從「朴」處入手，如其七律〈北歸入至德界偶逢洛陽隣家李先宰〉中「俱若是」三字，簡單明瞭，樸實無華，而未入俊。

鍾惺、譚元春將劉長卿七律歸入盛唐，其餘則為中唐，鍾惺評五律〈送侯侍御赴黔中充判官〉云：

> 朴而透，透處便是中唐派。（卷 25，頁 7a）

評五排〈留題李明府霅溪水堂〉云：

> 文房五言妙手，朴中帶峭，便開中晚諸路。至排律深老博大，其氣骨則漸向上去矣。（卷 25，頁 13b）

論五排〈奉寄婺州李使君舍人〉曰：

> 朴秀。（卷 25，頁 12a）

鍾惺認為，劉長卿雖擅長於五言詩，但是其朴而「透」，而「峭」，已是開啟中唐之詩；五排雖然深刻廣大，氣骨向上，但仍未達到盛唐一脈，如〈奉寄婺州李使君舍人〉，朴中帶秀，屬中唐「入朴處皆俊」者。

除五言外，鍾惺評劉七絕〈舟中送李十八〉曰：「七言絕句，中晚人本妙。正以其太妙，則傷氣，遠於盛唐耳。如此等作，尚可留卻

〔註 28〕 明．鍾惺，明．譚元春：《唐詩歸》，收入《續修四庫全書》第 1589 冊，卷 25，頁 1b。

〔註 29〕 〈北歸入至德界偶逢洛陽隣家李先宰〉全詩為「生涯心事已蹉跎，舊路依然此重過。近北始知黃葉落，向南空見白雲多。炎州日日人將老，寒渚年年水自波。華髮相逢俱若是，故園秋草復如何。」見明．鍾惺，明．譚元春：《唐詩歸》，收入《續修四庫全書》第 1589 冊，卷 25，頁 10b。另，《唐詩歸》選劉七律共 7 首，評論涉及盛中歸屬問題者，只此一首，故錄於此，以作一觀。

王龍標一派（派）。」〔註 30〕此則引文，看似鍾惺將劉長卿的七絕歸於盛唐詩人王昌齡（曾任龍標縣尉，698～756）一路，但仔細分析可得知，也僅是〈舟中送李十八〉之作，還可以算是妙而不傷氣。從整體而言，鍾惺仍將劉長卿的七絕納入中唐。

因此，鍾惺與譚元春認可劉長卿七律為盛唐，其餘詩體則屬中唐（七古未選）。由於《唐詩歸》的編排體例是以詩人分，並非以詩體而分，故而劉長卿整體被編排在中唐卷目中。

除上述兩種情況外，還有一種劃分，即認為劉長卿是中唐詩人，如清人沈德潛。沈德潛《唐詩別裁集》，與鍾惺、譚元春之《唐詩歸》一樣，安排劉長卿在中唐卷目中，但不同的是，沈德潛並未明確提出劉長卿為盛唐詩人。相反，沈德潛對中唐的論述，都是在劉長卿名下闡發，茲錄如下：

> 中唐詩漸秀漸平，近體句意日新，而古體頓減渾厚之氣矣。〔註 31〕

> 中唐詩近收斂，選言取勝，元氣不完，體格卑而聲調亦降矣。劉文房工於鑄意，巧不傷雅，猶有前輩體段。〔註 32〕

> 七律至隨州，工絕亦秀絕矣。然前此渾厚兀奡之氣不存，降而君平、茂政，亦又甚焉。風會使然，豈作者莫能自主耶。〔註 33〕

> 中唐古詩，寥寥可數，故文房以後，昌黎以前，存十餘首，以志崖略。〔註 34〕

按照沈德潛的說法，中唐詩句意日新而漸秀，但中唐詩又收斂，渾厚之氣不完，體例格調衰微，以至於詩漸平。因此，劉長卿近體詩雖然

〔註 30〕明．鍾惺，明．譚元春：《唐詩歸》，收入《續修四庫全書》第 1589 冊，卷 25，頁 14b。

〔註 31〕清．沈德潛：《唐詩別裁集》第 1 冊（臺北：臺灣商務印書館，1956 年），卷 3，頁 63。

〔註 32〕清．沈德潛：《唐詩別裁集》第 3 冊，卷 11，頁 52。

〔註 33〕清．沈德潛：《唐詩別裁集》第 3 冊，卷 14，頁 121。

〔註 34〕清．沈德潛：《唐詩別裁集》第 2 冊，卷 7，頁 86。

極為精緻巧妙，但仍然缺少質直渾厚、高聳矯健的盛唐之氣，屬於中唐詩之「秀」、「平」。雖然沈德潛指出劉長卿猶有前輩之規模氣象，但這是因為劉長卿工於詩歌立意，故而不傷風雅，依舊是在中唐的範疇中論述劉長卿，只是相較於其他中唐詩人，如韓翃（字君平，719～788）、皇甫冉（字茂政，716～769）氣格一降再降，劉長卿更有盛唐遺風而已。而至於古詩，沈德潛更是認為中唐古詩可選錄者，寥寥無幾，只存劉長卿、韓愈十餘首。言下之意即為，劉長卿古體去盛唐亦遠，渾厚之氣不足，實是中唐古詩，而非盛唐。

綜上所述，在明清唐詩選本中，有以劉長卿為盛唐詩人者，亦有以詩體而分，而把劉長卿定位成盛中交際之詩人，即某些詩體（如七律、五古）為盛唐，而其餘為中唐，還有以劉為中唐詩人者。針對劉長卿的盛、中唐定位問題，鍾惺、譚元春之《唐詩歸》與高棅《唐詩品彙》雖然都將劉之七律視為盛唐，但鍾、譚二人僅是借盛唐詩人張謂而指出劉長卿七律亦為盛唐，整體上仍將其安排在中唐卷目中。相較之下，高棅的分類更為細膩複雜。高棅《唐詩品彙》以詩體分，同時品第高下，而將劉長卿五古歸為盛唐名家，七律歸為盛唐羽翼，其餘則為中唐接武。

第六節　明、清詩家劃分劉長卿盛中唐歸屬的主流觀點

如第四節所述，明清詩家對劉長卿的盛中劃分共有三種情況。然而若細檢之，筆者發現，詩家多將劉長卿認定為中唐詩人。以下特在此前提下，再討論劉長卿承襲盛唐、開啟中晚的問題。清人賀裳曾云：

> 隨州絕句，真不減盛唐。次則莫妙于排律。排律惟初盛為工，元和以還，牽湊冗複，深可厭也，惟隨州真能接武前賢。〔註35〕

〔註35〕清．賀裳：《載酒園詩話又編》，郭紹虞編選，富壽蓀校點：《清詩話續編》，頁330。

賀裳認為劉長卿絕句最妙，能不減盛唐；次則是排律，雖不能和初盛唐相較，但在中晚卻是獨樹一幟，無牽強累贅之感，能相接前輩諸家。換言之，劉長卿為中唐詩人之翹楚，其絕句雖不減盛唐，但終究不是盛唐，其排律亦足以和盛唐前後步履相銜接而已。

此外，關於劉長卿〈獻淮寧軍節度使李相公〉一詩：

> 建牙吹角不聞喧，三十登壇眾所尊。家散萬金酬士死，身留一劍答君恩。漁陽老將多迴席，魯國諸生半在門。白馬翩翩春草細，郊原西去獵平原。〔註 36〕

其他學者也有相似的討論，如：

> 郭濬（？～？）云：一結渾然。〔註 37〕
>
> 胡震亨（1569～1645）曰：「家散萬金酬士死，身留一劍答君恩」，李端、韓翃之先鞭。「漁陽老將多迴席，魯國諸生半在門」，王建、張籍之鼻祖。獨結語絕得王維、李頎風調，起語亦自大體。幾欲上薄盛唐，然細按之，自是中唐詩。〔註 38〕
>
> 周珽（1565～1647）引周敬（？～？）語：「豪健閒雅，中唐第一首，王、李、少陵何能多讓！次聯雄壯，劉會孟所謂『國爾忘家』也。寫出真豪俠、真忠勇。」引陳繼儒（1558～1639）曰：「韻度珊珊，自成異響，皮相者失去。通篇雄渾慷慨，章局調法依然盛唐規矱。」〔註 39〕

郭濬、胡震亨、陳繼儒三公看法相似。郭濬認為此詩結語渾然一體，胡震亨進一步指出結語的盛唐之氣是蘊含了王維、李頎（690～751）的風韻，但中間兩聯已有中唐之風，因此整體而言此詩依然是中唐

〔註 36〕唐．劉長卿著：《劉隨州集》，收入《景印文淵閣四庫全書》第 1072 冊，卷 9，頁 1a。

〔註 37〕筆者未能得見明．高棅編，明．郭濬點定：《增定評註唐詩正聲》，故轉引自陳伯海主編：《唐詩匯評》上冊，頁 487。

〔註 38〕明．胡震亨：《唐音癸籤》，《景印文淵閣四庫全書》集部第 421 冊，卷 10，頁 6b。

〔註 39〕明．周珽：《刪補唐詩選脈箋釋會通評林》，收入《四庫全書存目叢書補編》（濟南：齊魯書社，2001 年），中七律上，頁 3a～3b。

詩。而陳繼儒除了指出該詩氣度雄渾，自成異響外，還從章法而言，道明是遵循盛唐法度。清人吳瑞榮（？～？）亦云：

> 文房句法之妙，如「賈誼上書憂漢室」、「飛鳥不知陵谷變」，有盛唐之雄偉而化其嶙峋，有初唐之淵衡而益以聲調。〔註 40〕

「賈誼」、「飛鳥」分別為劉詩〈自夏口至鸚鵡洲夕望岳陽寄源中丞〉與〈登餘干古縣城〉中的句子，吳瑞榮指出文房句法有盛唐之恢宏而無盛唐之聳峭，有初唐之淵深沖淡而更增加其聲調，兼具初盛之妙。周敬更是以為此詩「豪健閒雅」，如桂天祥批此詩云：「投獻中之絕佳律，如此詩豈不選？將帥閫外之尊、英俠之氣，盡此一律，佳佳。」〔註 41〕將軍統兵在外的英俠之氣，為國而忘家的豪俠與忠勇，全在此一律中道盡，可謂雄壯慷慨，不讓李、杜等盛唐詩人。

從以上皆可見，詩論家首先定劉長卿為中唐詩人，而後再將其與初盛唐、與中唐其他詩人作比較。中唐雖元氣不完，體格聲降，然而劉長卿在其間，卻能延襲盛唐的法度聲律，巧不傷雅，雄渾一體。但另一方面，卻又開啟中晚之風，以下試分析之。正如清人賀裳云：

> 劉有古調，有新聲。盛唐人無不高凝整渾，隨州短律，始收斂氣力，歸於自然，首尾一氣，宛若面語……隨州始有作態之意，實溽暑中之一葉落也。〔註 42〕

就律詩而論，賀裳認為劉長卿雖有古調，但其短律與盛唐詩凝整高渾不同，開始收斂氣力，而如自然口語，是為新聲，似夏天中的一片落葉，已由夏天轉入秋天，屬於中唐而非盛唐。茲舉劉詩為例：

> 律變滄江外，年加白髮中。（〈歲日作〉，卷 1，頁 10b）

〔註 40〕筆者未能得見清．吳瑞榮：《唐詩箋要》，故轉引自陳伯海主編：《唐詩匯評》上冊，頁 489。

〔註 41〕筆者未能得見明．高棅輯，明．桂天祥批：《批點唐詩正聲》，故轉引自陳伯海主編：《唐詩匯評》上冊，頁 487。

〔註 42〕清．賀裳：《載酒園詩話又編》，郭紹虞編選，富壽蓀校點：《清詩話續編》，頁 331。

白雲留永日，黃葉減餘年。(〈初到碧澗招明契上人〉，卷 1，頁 4b)

身隨敝履經殘雪，手綻寒衣入舊山。(〈送靈澈上人還越中〉，卷 8，頁 11b)

這些詩句均是刻意求新之作，如年月可以加在白髮中，又可和黃葉相減，身體隨著鞋子而行進，此都與日常認知不符而顯得「有作態之意」，雖巧妙而非盛唐格調。另外，翁方綱亦語：

隨州七律，漸入坦迤矣。坦迤則一往易盡，此所以啟中、晚之濫觴也。〔註 43〕

翁方綱則從七律而言，指出劉長卿漸入平坦，此則容易一氣而洩，去盛唐之凝鍊渾厚愈來愈遠，而終成中、晚之濫觴。誠如清人黃生(1622～？)所評劉長卿，其云：「調輕而語細，此變盛唐為中之始。」〔註 44〕劉長卿詩調輕語細，逶迤秀雅，已入純樸雄厚的相反面，如：

正愁帆帶雨，莫望水連雲。(〈送裴二十一〉，卷 3，頁 13b)

官舍已空秋草綠，女牆猶在夜烏啼。(〈登餘干古縣城〉，卷 9，頁 3a)

孤城盡日空花落，三戶無人自鳥啼。(〈使次安陸寄友人〉，卷 9，頁 5a)

劉長卿運用了大量的虛字，削弱了詩歌的雄健之態。雖然賀裳、翁方綱以及黃生三公所談內容不同，但一致同意劉長卿有開啟中唐之風的一面，詩至劉長卿，而漸遠盛唐，漸入中唐。

除此之外，從氣韻而言，明人顧璘批點〈送李判官之潤州行營〉：「末二句意雖佳，效之恐墮晚唐。太白云：『桃花潭水深千尺，不及汪倫送我情』，與此末句同格，其氣韻自別。」〔註 45〕評〈昭陽曲〉：「知

〔註 43〕 清．翁方綱：《石洲詩話》，郭紹虞編選，富壽蓀校點：《清詩話續編》，卷 2，頁 1384。

〔註 44〕 清．黃生著：《唐詩摘鈔》，諸偉奇主編：《黃生全集》第 3 冊(合肥：安徽大學出版社，2009 年)，頁 62。

〔註 45〕 筆者未能得見元．楊士弘輯，明．顧璘批點：《批點唐音》，故轉引自陳伯海主編：《唐詩匯評》上冊，頁 485。

長卿絕句亦有高入盛唐處，其次氣格委靡，便不可看。」〔註46〕顧璘以為劉長卿絕句如〈昭陽曲〉等詩，雖有高於盛唐之處，然如〈送李判官之潤州行營〉等詩，卻是氣韻萎靡，尤其〈送李判官之潤州行營〉末二句「江春不肯留歸客，草色青青送馬蹄」與李白之「桃花潭水深千尺，不及汪倫送我情」意義相近，卻無李白之氣格豪放。若仿效劉長卿此類詩，恐墮入晚唐。換言之，劉詩中有晚唐之氣。

綜合上述，誠如賀貽孫（1605～1688）所言：

> 劉長卿詩能以蒼秀接盛唐之緒，亦未免以新雋開中晚之風。其命意造句，似欲攬少陵、摩詰二家之長而兼有之，而各有不相及、不相似處。其不相似、不相及，乃所以獨成其為文房也。〔註47〕

清人陸次雲曰：

> 文房在盛、晚轉關之時，最得中和之氣。〔註48〕

從詩作而談，筆者認為劉長卿實屬中唐詩家，並「以新雋開中晚之風」。其詩能「接盛唐之緒」，這是因為他生活在盛、中轉關之際，故而身上留有盛唐遺風，例如詩作：

> 絕漠大軍還，平沙獨戍閒。空留一片石，萬古在燕然。〔註49〕
>
> 北塔凌空虛，雄觀壓川澤。亭亭楚雲外，千里看不隔。〔註50〕

〔註46〕筆者未能得見元．楊士弘輯，明．顧璘批點：《批點唐音》，故轉引自陳伯海主編：《唐詩匯評》上冊，頁485。

〔註47〕清．賀貽孫：《詩筏》，郭紹虞編選，富壽蓀校點：《清詩話續編》，頁185。

〔註48〕筆者未能得見清．陸次雲：《唐詩善鳴集》，故轉引自陳伯海主編：《唐詩匯評》上冊，頁468。

〔註49〕唐．劉長卿：〈平番曲三首〉其三，《劉隨州集》，收入《景印文淵閣四庫全書》第1072冊，卷4，頁9b。

〔註50〕引文為〈登揚州西嚴寺塔〉前四句，全詩如下：「北塔凌空虛，雄觀壓川澤。亭亭楚雲外，千里看不隔。遙對黃金臺，浮輝亂相射。盤梯接元氣，半壁棲夜魄。稍登諸劫盡，若騁排霄翮。向是滄洲人，已為青雲客。雨飛千栱霽，日在萬家夕。鳥處高卻低，天涯遠如迫。江流入空翠，海嶠現微碧。向暮期下來，誰堪復行役。」見唐．劉長卿：〈登揚州西嚴寺塔〉，《劉隨州集》，收入《景印文淵閣四庫全書》第

二詩均慷慨深沈，描寫了大軍戰勝回師，以及北塔壓川澤的氣象，加以「萬古」、「雄觀」、「千里」等詞的點綴，顯得氣魄豪邁，而能接武盛唐。但劉長卿詩已非盛唐，如詩作：

> 回看虜騎合，城下漢兵稀。白刃兩相向，黃雲愁不飛。
> 手中無尺鐵，徒欲突重圍。〔註 51〕

> 細雨濕衣看不見，閒花落地聽無聲。日斜江上孤帆影，草綠湖南萬里情。〔註 52〕

〈從軍六首〉表現了戰士悲傷哀怨的心情，此處舉出其中一首為例。「漢兵稀」、「愁不飛」、「無尺鐵」等詞均傳達出邊士灰心沮喪的心思，與上文所舉〈平番曲〉的氣象天壤之別。第二首詩「細雨閒花」、「夕陽」、「江湖」等景物刻畫細膩，屬對亦工巧自然，盛唐雄奧之氣漸失，而漸成俊秀。正像陳順智所評價的，劉長卿在詩歌體裁上的成就，既在於實際的創造性，更在於它傳達了唐代詩體發展變化的信息。〔註 53〕因此，劉雖欲包攬杜甫、王維之長處，卻也有所不相匹、不相似之處，而此正成就了劉長卿之獨特性，也成為了最有中和之氣的中唐詩人，即一方面接盛唐之緒，另一方面開中晚之風。

第七節　結語

本章從高棅《唐詩品彙》切入，探討了劉長卿盛、中唐歸屬的問題。

筆者首先梳理了高棅的四唐詩觀。高棅以盛唐為核心，而將中唐

1072 冊，卷 6，頁 8b。

〔註 51〕唐・劉長卿：〈從軍六首〉之一，《劉隨州集》，收入《景印文淵閣四庫全書》第 1072 冊，卷 4，頁 6a～6b。

〔註 52〕引文為〈別嚴士元〉中間兩聯，全詩如下：「春風倚棹闔閭城，水國春寒陰復晴。細雨溼衣看不見，閒花落地聽無聲。日斜江上孤帆影，草綠湖南萬里情。東道若逢相識問，青袍今已誤儒生。」見唐・劉長卿：〈別嚴士元〉，《劉隨州集》，收入《景印文淵閣四庫全書》第 1072 冊，卷 9，頁 6b。

〔註 53〕陳順智：《劉長卿詩歌透視》，頁 69～70。

視為盛唐的接續。高氏悉錄唐詩，意欲呈現唐詩的整體風貌，指出唐詩由盛轉衰的軌跡，審變而後達到歸正。而劉長卿作為一個從盛唐到中唐過渡之際的詩人，他的詩能以「蒼秀接盛唐之緒」。高棅將劉之五古與七律列入盛唐之名家與羽翼，其餘詩體則為中唐之接武，此亦體現出劉長卿作為盛中交界之詩人的特殊地位，即亦盛亦中，將變未變。劉長卿也因此而受到高棅的重視。

另外，高棅雖錢、劉並稱，但實際上錢起要遜色於劉長卿，故而劉長卿受到高棅的青睞，選詩數量多於錢起。而至於王維，一方面是由於劉詩中精彩處與王維不相上下，但更重要的是因為王維本身的詩歌創作數不如劉長卿多。在高棅的總體評價中，王維作為盛唐詩人，仍是高於劉長卿的。

最後，筆者梳理了明清唐詩選本劃分劉長卿盛、中唐歸屬的情況，共有三種：一是將劉長卿視作盛唐詩人，如楊逢春《唐詩繹》；二是將劉長卿看成是盛中交界的詩人，如高棅《唐詩品彙》和鍾惺、譚元春《唐詩歸》；三是將劉長卿看作中唐詩人，如沈德潛《唐詩別裁集》。再者，筆者借助明、清詩論家對此一問題的探討，提出自己的想法，即視劉長卿為中唐詩人，但因其生活的時代正是盛唐、中唐轉關之際，故而詩作中又能保留盛唐遺風。

第三章 《唐詩鏡》與《唐詩別裁集》選評劉長卿之詩體比較——兼論明、清詩話對劉長卿擅長詩體之爭議

第一節 前言

權德輿（759～818）曾在〈秦徵君校書與劉隨州唱和詩序〉中提及劉長卿（725～789）「自以為『五言長城』」，〔註 1〕自此後，劉長卿之「五言長城」引起了後世諸多討論，如宋人張戒謂：

> 隨州詩，韻度不能如韋蘇州之高簡，味不能如王摩詰、孟浩然之勝絕，然其筆力豪贍，氣格老成，則皆過之。與杜子美並時，其得意處，子美之匹亞也。「長城」之目，蓋不徒然。〔註 2〕

張戒認為，雖然劉長卿韻度不及韋應物，神味不及王維（692～761）與孟浩然（689～740），但他「氣格老成」，得意處可與杜甫（712～

〔註 1〕唐・權德輿：〈秦徵君校書與劉隨州唱和詩序〉，清・董誥等輯：《欽定全唐文》，收入《續修四庫全書》第 1642 冊（上海：上海古籍出版社，2002 年），卷 490，頁 7a。

〔註 2〕宋・張戒：《歲寒堂詩話》，清・何文煥、丁福保：《歷代詩話續編》第 1 冊（北京：北京圖書館出版社，2003 年），卷上，頁 14b。

770）匹亞，因此當得上「長城」的稱號。又如第二章所述，高棅（1350～1423）《唐詩品彙》將劉長卿之五古列為盛唐名家，七律視為盛唐接武，正似清人顧安（？～？）所云：

> 隨州，中唐高手，爾時獨稱「五言長城」，其意似抑七字者為不及也，實非定論。〔註3〕

顧安談到世之所稱劉長卿為「五言長城」，是因為劉詩七言不及五言，但他也表明並不認同這種看法。「五言長城」的討論眾多紛紜，卻莫衷一是，劉長卿之五言是否優於七言，亦似顧安所言，並非定論。是故，本章欲探討劉長卿最擅長並值得關注的，究竟為何種詩歌體裁。

在閱讀明、清唐詩選本時，筆者注意到明人陸時雍（？～1640）所編《唐詩鏡》與清人沈德潛（1673～1769）所編《唐詩別裁集》〔註4〕選錄劉長卿詩歌數量不相上下，特別是《唐詩別裁集》重訂本，與《唐詩鏡》編選劉之五律數量相同，皆為 20 首，且選錄均為最多。但不同的是，相比較而言，陸時雍更關注劉長卿的古體，而沈德潛則更關注劉長卿的律詩（見表 1）。

表 1 《唐詩鏡》與《唐詩別裁集》選劉長卿詩情況

	五古	七古	五律	五排	七律	五絕	六言	七絕	總計
《唐詩鏡》	**14**	6	**20**	9	6	4	1	4	64
《別裁》初刻本	9	6	**18**	5	**11**	3	0	6	58
《別裁》重訂本	6	4	**20**	6	**11**	3	0	4	54
劉長卿詩歌總數	70	27	216	57	64	29	5	38	506

另外，學界已注意到陸時雍和沈德潛詩學的承變關係，陳昌明即從「資料的引用」與「觀念的影響」兩方面總結：

〔註 3〕清・顧安：《唐律消夏錄》（天津圖書館復康古籍館藏），卷 5，頁 4a。

〔註 4〕沈德潛《唐詩別裁集》分為康熙 56 年（1717）初刻本和乾隆 28 年（1763）重訂本。因此，筆者在探討沈德潛對劉長卿各詩體的看法時，亦會同時參看兩個版本的論述。

> 陸時雍對於沈德潛詩論的影響，可能並不亞於葉燮或王漁洋，甚或更有過之。〔註5〕

范建明研究指出：

> 就結果而言，『初刻本』僅取白居易詩四首，李賀詩一首不登，這種處理與陸時雍的態度並無多少不同。〔註6〕

張俐盈又從「重情韻」到「好高大」的轉變，談論陸、沈詩學的異同。〔註7〕由今人研究可見，陸時雍與沈德潛的詩學觀念確有相通之處。然則，陸時雍評價劉長卿「巧還傷雅」，〔註8〕沈德潛則評劉「巧不傷雅」，〔註9〕一字之差，態度截然不同，此一現象可深入探究。

因此，筆者將比較這兩個選本對劉長卿各個詩體的選評，誠如沈德潛所云：「唐詩選自殷璠、高仲武後，雖不皆盡善，然觀其去取，各有指歸。」〔註10〕彼此參照對比，相互補充，進而引申至明、清詩論對劉長卿所擅長詩體的不同看法。

第二節　《唐詩鏡》與《唐詩別裁集》之選詩旨趣

一、陸時雍《唐詩鏡》選詩旨趣

陸時雍在序言中直接表明其選詩宗旨：

〔註5〕陳昌明：〈陸時雍與沈德潛詩論考辨〉，北京大學中國古文獻研究中心編：《北京大學中國古文獻研究中心集刊》第七輯（北京：北京大學出版社，2008年），頁712～720。

〔註6〕范建明：〈關於《唐詩別裁集》的修訂及其理由——「重訂本」與「初刻本」的比較〉，《逢甲人文社會學報》第25期（2012年12月），頁66。

〔註7〕張俐盈：〈從重「情韻」到好「高大」：論陸時雍、沈德潛詩學承變關係〉，《興大中文學報》第45期（2019年6月），頁95～119。

〔註8〕明・陸時雍選評，任文京、趙東嵐點校：《詩鏡》（保定：河北大學出版社，2010年），〈總論〉，頁11。

〔註9〕清・沈德潛：《唐詩別裁集》（臺北：臺灣商務印書館，1956年），卷11，頁52。

〔註10〕清・沈德潛：《說詩晬語》，清・何文煥、丁福保輯：《歷代詩話統編》第4冊（北京：北京圖書館出版社，2003年），卷下，頁10a。

> 不惟其詞而惟其情，不惟其貌而惟其意，使天下聞聲而志起，意喻而道行。(〈原序〉，頁 2)

他選詩惟情惟意，認為「道發聲著，情通神達，靈油油接於人而不厭。」(〈原序〉，頁 2) 主張由情而發出聲者，才能恢復天下之志而道行。因而，陸氏批判刻意為詩，其曰：

> 世之言詩者，好大好高，好奇好異，此世俗之魔見，非詩道之正傳也。體物著情，寄懷感興，詩之為用，如此已矣。(〈總論〉，頁 8)

陸時雍認為詩歌應該要中正平和，溫婉和順，能表現出「體物著情，寄懷感興」即可，而不應該去追求高大奇異，這才是詩之正道。

故此，陸時雍批評「作意好奇」之作（〈總論〉，頁 10）陸氏云：

> 少陵五言律，其法最多，顛倒縱橫，出人意表。余謂萬法總歸一法，一法不如無法。水流自行，雲生自起，更有何法可設？(〈總論〉，頁 10)

陸時雍認為，詩法愈多，刻意求奇，則離行雲流水的天然之致愈遠。

他稱讚初唐七律「簡貴多風」，其曰：

> 簡貴多風，不用事，不用意，一言兩言，領趣自勝。故事多而寡用之，意多而約出之，斯所貴於作者。(〈總論〉，頁 7～8)

> 初唐七律，謂其「不用意而自佳」，故當絕勝。「雲山一一看皆好，竹樹蕭蕭畫不成」，體氣之貴，風味之佳，此殆非人力所與也。(〈總論〉，頁 10)

陸氏認為，初唐七律勝在簡約，不追求使事用典，三言兩語間，體現出「風」之趣味，這是最佳的境界。換言之，人力刻意而為，則會損傷七律之自然與趣味，陸時雍天然自成的審美標準也體現在絕句上，其云：「(絕句) 人力不與，天致自成，難易兩言，都可相忘耳。」(〈總論〉，頁 11) 又曰：

> 晉人五言絕，愈俚愈趣，愈淺愈深。齊梁人得之，愈藻愈真，愈華愈潔。此皆神情妙會，行乎其間。唐人苦意索之，去之

> 愈遠。(〈總論〉，頁 5)
>
> 王龍標七言絕句，自是唐人騷語。深情苦恨，襞積重重，使人測之無端，玩之無盡。(〈總論〉，頁 8)

據陸時雍所語，因得五絕之神情，故而晉人能俚而趣，淺而深，齊梁則能藻而真，華而潔。然而，唐人無妙悟，卻苦苦思索，只能離五絕之真諦愈遠。此外，王昌齡（698～757）的七絕，按照陸氏的觀點，也是由情而自然發聲者，讀來渾然天成，含蓄不盡，因而受到陸時雍的誇讚。

不僅是近體詩，陸時雍也批判古詩雕刻者。陸時雍言：

> （五古）其道在神情之妙，不可以力雄，不可以材騁，不可以思得，不可以意致。雖李、杜力挽古風，而李病於浮，杜苦於刻，以追陶、謝之未能，況漢、魏乎！（卷 1，頁 403）
>
> 太白七古，想落意外，局自變生，真所謂「驅走風雲，鞭撻海嶽」。其殆天授，非人力也。(〈總論〉，頁 9)
>
> 七言古，盛於開元以後，高適當屬名手。調響氣佚，頗得縱橫；勾角廉折，立見涯涘，以是知李、杜之氣局深矣。(〈總論〉，頁 8)

以陸氏之言，五古重在「神情」，不可持才逞能，意致縱橫，巧事繪之，李白（701～762）與杜甫正是傷於浮華、刻意而不能追得漢魏。而李白、杜甫七古之所以能勝，正是因為氣局。陸時雍認為這是天授，而非人力所致。陸時雍總結道：

> 唐之勝於六朝者，以七古之縱、七律之整、七絕之調，此其故在氣局聲調之間，而精神材力未能駕勝。（卷 1，頁 403）

按陸氏所言，七言勝者，皆在「氣局聲調」，如高適（704～765）之聲調，李、杜之氣局。但總體來看，七古之縱橫、七律之嚴整、七絕之聲調，均非精神、才力的範疇。

綜上，陸時雍選詩主張惟情惟意，「道發聲著」。在此評判標準之下，陸時雍提出各種詩歌體裁都應擁有天然之姿，而非是人力的刻意為苦、為奇。

二、沈德潛《唐詩別裁集》選詩旨趣

不同於陸時雍批判詩歌「好大好高，好奇好異」，沈德潛強調詩歌「宏博」，其云：

> 有唐一代詩，凡流傳至今者，自大家名家而外，即旁蹊曲徑，亦各有精神面目，流行其間，不得謂正變盛衰不同，而變者衰者可盡廢也。然備一代之詩，取其宏博。（原序，頁 1）

從沈德潛的言論來看，他並不在乎詩歌是否為變體，反而認為各有精神面目而不可廢，但他著重詩歌的宏偉博大。於此，沈德潛另有相關論述：

> 詩貴渾渾灝灝，元氣結成，乍讀之不見其佳，久而味之，骨幹開張，意趣洋溢，斯為上乘。若但工於琢句，巧於著詞，全局必多不振。（凡例，頁 4）

> 新城王阮亭尚書選《唐賢三昧集》……蓋味在鹽酸外也。而於杜少陵所云「鯨魚碧海」，韓昌黎所云「巨刄摩天」者，或未之及。余因取杜韓語意，定唐詩別裁，而新城所取，亦兼及焉。（重訂序，頁 1）

第一則引文中，沈德潛雖然在談詩歌意趣，但他也強調詩貴在宏闊，渾然一體。工於字句之所以不佳，亦是因為會傷詩歌精神面貌，顯得萎靡。第二則引文則闡述了「唐詩別裁」的含義，是取杜甫與韓愈（768～824）「鯨魚碧海」、「巨刄摩天」的雄偉宏肆，並彌補王士禛（1634～1711）《唐賢三昧集》味在鹹酸之外的選詩缺漏。同時，聯繫沈德潛自云：

> 詩雖未備，要藉以扶掖雅正，使人知唐詩中有鯨魚碧海、巨刄摩天之觀。（重訂序，頁 1）

可見，沈德潛所選「鯨魚碧海、巨刄摩天」之作，亦是為了「扶掖雅正」。換言之，沈氏認為，洪鍾巨響之作是詩歌雅正的體現，符合詩教之旨。

此外，沈德潛謂詩之正變，但並不以此定論詩歌優劣，而是以「詩之變情之正」變通之，其談五言古體：

> 發源於西京，流衍於漢、魏，頹靡於梁、陳，至唐顯慶、龍朔間，不振極矣。陳伯玉力掃俳優，直追曩哲……張曲江、李供奉繼起，風裁各異，原本阮公。唐體中能復古者，以三家為最。（凡例，頁 2）

> 蘇、李《十九首》以後，五言所貴，大率優柔善入，婉而多風。少陵才力標舉。篇幅恢張，縱橫揮霍，詩品又一變矣。要其為國愛君，感時傷亂，憂黎元，希稷、契……詩之變，情之正者也。（凡例，頁 2）

沈德潛先簡單論述了五古從西京到唐代的發展歷程，後指名繼承漢魏傳統者，以陳子昂（661～702）、張九齡（673～740）、李白三家為最。同時，沈德潛也承認杜甫的五言古詩不再優柔和婉，而是揮霍縱橫，已為變體。然而，杜甫詩歌中忠君愛國、感時傷亂的內容，是其平生抱負的展現，因而詩變卻情正，依舊符合詩教之旨。

七言亦是同理，沈德潛曰：

> 唐人出而變態極焉。初唐風調可歌，氣格未上。至王、李、高、岑四家，馳騁有餘，安詳合度，為一體。李供奉鞭撻海岳，驅走風霆，非人力可及，為一體。杜工部沈雄激壯，奔放險幻，如萬寶雜陳，千軍競逐，天地渾奧之氣，至此盡洩，為一體……韓文公拔出於貞元、元和間，踔厲風發，又別為一體。（凡例，頁 2）

沈德潛細分唐人七古數體，而道「唐人出而變態極焉」，可見沈氏並非只推崇「正體」。然而，沈德潛不斷地使用「馳騁」、「鞭撻海岳」、「沈雄激壯」、「踔厲風發」等詞，可知其讚賞大氣象、大氣魄等七古詩作。相應的，對初唐「氣格未上」則頗有微詞。

不僅是古體詩，沈德潛對近體詩亦有類似論述，其云：

> 五言律……開、寶以來，李太白之穠麗，王摩詰、孟浩然之自得，分道揚鑣，並推極勝。杜少陵獨開生面，寓縱橫顛倒於整密中，故應超然拔萃。（凡例，頁3）
>
> 七言律……後此摩詰、東川，舂容大雅……少陵胸次閎闊，議論開闢，一時盡掩諸家。（凡例，頁3）
>
> 五言長律，貴嚴整，貴勻稱，貴屬對工切，貴血脈動蕩。唐初應制贈送諸篇……並皆佳妙。少陵出而瑰奇宏麗，變動開合，後此無能為役。（凡例，頁3）

從上三則引文中可見，沈德潛一方面指明詩家創作近體詩各有特色，並皆佳妙，如五律之李白、王維、孟浩然，七律之王維、李頎（690～751），五排之初唐應制詩篇。但另一方面，沈德潛認為只有杜甫胸次開闊，詩境縱橫開闔，故而杜甫能「盡掩諸家」。甚至於絕句，沈氏亦從「激壯之音」（凡例，頁3）的角度讚賞高適、岑參（715～770）。因此，筆者以為，沈德潛論詩，十分重視詩歌之氣魄。

綜上所論，沈德潛編選《唐詩別裁集》十分推崇「宏博」的詩歌創作。沈德潛認為，宏偉的詩歌有助於「扶掖雅正」。綜合沈德潛對古體詩與近體詩的論述來看，沈氏雖都推崇雄渾壯闊的詩作，但亦能欣賞近體詩的多種風格，如李白之穠麗、王維之雍容。

第三節　陸時雍《唐詩鏡》對劉長卿各詩體的選評

一、陸時雍所關注之劉長卿詩體

從〈前言〉表1中可看到，相較沈德潛，陸時雍更為關注劉長卿之五古。除五言古詩外，陸時雍對劉長卿之五排與七古亦無一言半語的批評。另，陸氏雖選錄劉之五律最多，卻有「未見其佳」（卷29，頁817）等負面評價。

陸時雍認為「中唐詩亦有勝盛唐處」，其言：

> 去方而得覺（圓），去實而得鬆，去規模而得情趣。（卷29，頁807）

陸時雍另云：

> 深情淺趣，深則情，淺則趣矣。杜子美云：「桃花一簇開無主，不愛深紅愛淺紅。」余以為深淺俱佳，惟是天然者可愛。（〈總論〉，頁 11）

按陸氏觀點，中唐詩去除了大氣象而不再有板正之氣，令人不覺煩重，反而獲得了輕鬆趣味。陸時雍評價劉長卿在其間而得「鬆秀」。（卷 29，頁 807）對於深淺的看法，陸時雍以為深、淺俱可，但深則要有情意，淺則要有趣味，非是單純之淺俗。以上兩則引文，均可見陸時雍重視詩之趣味。筆者通讀《唐詩鏡》對劉長卿諸詩之評價，發現劉長卿之「趣」集中在五古與七古各詩中。唯有五律〈酬皇甫侍御見寄時前相國姑臧公初臨郡〉，陸時雍評價「砧迴月如霜」一句：「景趣深長。若除卻『砧』字，餘俱淺俗矣。」（卷 29，頁 813）細細讀之，「砧」一字而救了整句，其餘四字都過於淺白。

陸時雍借五古〈石梁湖寄陸兼〉而指出：「長卿五古，輕描淺抹。」（卷 29，頁 807）原詩為：

> 故人千里道，滄洲十年別。夜上明月樓，相思楚天闊。
> 瀟瀟清秋暮，裊裊涼風發。湖色淡不流，沙鷗遠還滅。
> 煙波日已遠，音問日已絕。歲晏空含情，江皋綠芳歇。
> （卷 29，頁 807）

該詩用了「明月」、「楚天」等遠闊的意象，又運用「清」、「涼」、「淡」、「遠」等字，營造了一種清空閑靜的氛圍。故人千里之別，音訊斷絕，此情原應十分濃厚，劉長卿卻轉接一「空」字，再加以景色淡化，使強烈的情緒變得溫婉，可以說是輕描淡寫，也可見「淺抹」並非是淺俗，再如陸氏對劉長卿五古的評價：

> 詩趣如清流淺瀨。（〈浮石瀨〉，卷 29，頁 810）
>
> 悠然趣遠。（〈下山〉，卷 29，頁 810）
>
> 「川程帶潮急」：語趣佳。（〈送丘為赴上都〉，卷 29，頁 810）

以上三首，陸時雍的落腳點都在詩有興趣，清澈有味。又評〈南楚懷古〉：「筆意蕭疏。」（卷 29，頁 808）〈月下聽砧〉：「洌。」（卷 29，頁 810）用詞亦是表達清澈稀疏之意，與緊密實致相反，是所謂「去實而得鬆」。另，〈湖上遇鄭田〉一詩，陸時雍認為：「『還鄉反為客』一語最傷。」（卷 29，頁 809）回鄉卻成客，令人黯然神傷。可見劉長卿五古，除淺趣外，亦有深情在。至若劉長卿七古，陸時雍亦論〈新安送陸澧歸江陰〉詩為「淺淺得趣」之作。（卷 29，頁 812）

此外，陸氏於七古〈時平後送范倫歸安州〉詩下云：

> 七言古專以調勝。「江潭」二語，巧而不纖。（卷 29，頁 812）

「江潭歲盡愁不盡，鴻雁春歸身未歸」二句，巧妙地通過「盡」與「歸」形成了「歲盡愁不盡」、「春歸身未歸」兩組對比，又融入「江潭」、「鴻雁」等景象中，顯得精妙而不纖細，自有格調在。〈聽笛歌〉〈登吳古城歌〉二詩，又分別評語：

> 歷落如語。（卷 29，頁 811）
>
> 語多輕俊。（卷 29，頁 812）

語言輕快俊逸，將歌聲之餘音繞樑、瀟灑不絕寫出，是陸時雍所謂：「劉長卿體物情深，工於鑄意，其勝處有迥出盛唐者。」（〈總論〉，頁 11）依陸氏的觀點，劉長卿善於觀察摹狀事物，而且善於鍊意，在這點上，劉長卿勝過盛唐。

至於劉長卿排律，則不再是淺趣體物，而是「精琢」。陸時雍在所附〈贈元容州〉下提出對五排的看法：

> 渾厚之病，鄰於模糊。精琢則體瘦神清，初、盛時亦有肥瘦相兼之病。（卷 29，頁 821）

據陸氏之言，初、盛唐詩渾厚，渾厚則不明晰，唯有精雕細琢，詩之脈絡才清楚明白。其評〈奉陪鄭中丞自宣州解印與諸侄宴餘干後溪〉：

> 「夕陽」二語簡煉得佳。（卷 29，頁 819）

論〈奉餞元侍郎加豫章採訪兼賜章服〉：

> 語語精琢。（卷 29，頁 820）

前首中「夕陽山向背，春草水東西」，精確得當地寫出了夕陽落山、流水潺潺的情景；後首中如「嶺暗猿啼月，江寒鷺映濤」一句，刻畫了猿猴啼月、波浪濤濤的畫面，「暗」與「寒」二字相得益彰，給人以清冷之感。二詩簡要精練，正擺脫了模糊之病，而有「體瘦神清」之妙。

另外，陸時雍還提到：「齊梁人欲嫩而得老，唐人欲老而得嫩，其所別在風格之間。」（〈總論〉，頁 6）齊梁與唐朝風格有別，齊梁嫩而老，唐人老而嫩。陸時雍所用「老」字，多含褒義，如評陳子昂〈春夜別友人〉：

老而勁。（卷 3，頁 437）

論杜甫：

老而得雅。（〈刈稻了詠懷〉，卷 25，頁 749）

風格最老。（〈題張氏隱居〉，卷 26，頁 755）

從引文的言語之間，可看出陸時雍推重詩之老到。陸氏評劉長卿五排〈送徐大夫赴廣州〉即言：

語脆嫩，意卻自老。（卷 29，頁 820）

陸時雍特指出該詩雖嫩，但「意卻自老」，因而被其選入《唐詩鏡》。

陸時雍認為「排律貴在嚴整。」（卷 8，頁 494）是故論及排律時，注重詩歌語言或意涵之老成幹練。而五古與七古，則主要從詩之趣味，即意境的角度進行評價。按照陸時雍的觀點，劉長卿的古詩妙在詩境的悠然有趣。

二、陸時雍所批判之劉長卿詩體

承接前文，陸時雍讚賞劉長卿五排〈送徐大夫赴廣州〉「意老」，但不同的是，陸氏批判所附七律〈青溪口送人歸岳州〉〈送靈澈上人還越中〉：

二詩太嫩。（卷 29，頁 819）

陸時雍認為，劉長卿此二首七律都太嫩。陸時雍提出「七律貴深沈蘊藉」（卷 29，頁 817），而劉長卿「七律諸什，俱清淺流利。」（卷 29，頁 818）可見，劉長卿七律與陸時雍選錄七律之理念背道而馳，是而不喜劉之七律。

除七律外，陸時雍也通過另附詩作，批評劉長卿七絕不「老」。其論七絕〈送李判官之潤洲行營〉：

> 「草色青青送馬蹄」一語已足，「江春不肯留行客」，此是剩語，抑更不老。（卷 29，頁 823）

據陸氏之言，「草色青青」即是「江春」，而「送馬蹄」亦是「不肯留行客」之意，該詩語意重複，畫蛇添足，而無法達到「老」的境界。陸時雍共選劉長卿七絕 4 首，對其中三首添加了評語，分別是「感慨自足」、「今人感古，古事傷今」、「末句轉韻」（卷 29，頁 823）兩則評語言自身之感慨，另一評語則點出該首七絕的轉韻現象。因七絕總共四句，兩個韻腳，而有轉韻，是以特別。前之感慨如何，陸時雍亦無多著墨。除上文提到的〈送李判官之潤洲行營〉外，其最後又附二首七絕〈重送裴郎中貶吉州〉、〈酬李穆見寄〉，指斥此二詩「語最小樣」、「語氣寒儉」。（卷 29，頁 823）

同時，陸時雍亦表示「五律貴響亮精工」（卷 29，頁 817），而指出劉長卿五律：

> 三、四啞韻，未見其佳。（〈經漂母墓〉，卷 29，頁 817）

陸時雍認為五律應該宏亮精巧，而非是聲音低沈之韻腳，此處與陸時雍之理念相反，故「古墓樵人識，前朝楚水流」二句不佳。

除上述外，陸時雍又批判劉長卿的五律〈送侯侍御赴黔中充判官〉：

> 原詩：不識黔中路，今看遣使臣。猿啼萬里客，鳥似五湖人。
> 地遠官無法，山深俗豈淳。須令荒徼外，亦解懼埋輪。
> 詩評：「鳥似五湖人」：傷感之甚。（卷 29，頁 815）「鳥似五湖人」，語冷而尖，巧還傷雅，中唐身手於此見矣。（〈總論〉，頁 11）

陸時雍曾云：

> 古亡於漢，漢亡於六朝，六朝亡於唐，唐亡不可復振。惟夫後之為詩者，哀必欲涕，喜必欲狂，豪必極放，而戚若有亡。（〈原序〉，頁 2）

> 詩不患無情，而患情之肆。(〈總論〉，頁9)
>
> 絕去形容，獨標真素，此詩家最上一乘。(〈總論〉，頁11)

按陸氏所言，詩之所以自古而漸亡，正是因為後世作詩，不再克制情感，喜怒哀樂皆極致表現。陸時雍認為詩歌「不患無情」，而患情之張揚不收斂，劉長卿此句亦是過於感傷，不夠克制。同時，陸氏指出詩家最上乘是樸實無華，「絕去形容」，劉詩「鳥似五湖人」本欲表達傷懷，卻以鳥比喻四處漂泊之人，寫得尖新突然，有傷風雅。

當然，陸時雍在評價劉長卿七律與五律時，亦有肯定之處。七律如：

> 詩家深淺，大半與難易相掩。「幾日浮生哭故人」，驟視之若淺而實非也，乃易耳。若杜少陵〈秋興〉詩，人皆謂深矣。(〈題靈祐和尚故居〉，卷29，頁818)
>
> 如此等覺餘韻渺絕，詩之佳處在一嘆三詠之間。(〈獻淮寧軍節度李相公〉，卷29，頁818)

陸時雍為〈題靈祐和尚故居〉一詩辯駁，「幾日」一句看似淺顯，但只是因為用字直白簡單，實含深情。陸氏並讚賞〈獻淮寧軍節度李相公〉詩佳，一唱三嘆，餘味無窮。

不僅是七律，陸時雍亦讚嘆五律〈初到碧澗招明契上人〉：「『黃葉減餘年』是一奇句。」(卷29，頁812)且陸時雍認為劉長卿五律亦有「響亮精工」之作，如：

> 三、四雋甚，語何其煉。(〈新年作〉，卷29，頁813)
>
> 「寒鳥數移柯」，語力精緊。(〈月下呈章秀才〉，卷29，頁813)

該二詩的特點在於語言凝鍊，精緻細密。但不同於五古、七古與五排，無一批判之語，五律、七律與七絕，或直接在所選詩作中指出不足，又或特於其後附詩而提出批評。因此，筆者認為，陸時雍最推崇劉長卿之五古，其次為七古與五排，而相對不喜劉長卿之五律、七律與七絕。

第四節　沈德潛《唐詩別裁集》對劉長卿各詩體的選評

一、沈德潛所關注之劉長卿詩體

沈德潛曾於《唐詩別裁集》之劉長卿條目下指出：

> 中唐詩漸秀漸平，近體句意日新，而古體頓減渾厚之氣矣。權德輿推文房為「五言長城」，亦謂其近體也。（卷 3，頁 63）

雖此處沈氏將劉長卿自評為「五言長城」誤認成權德輿（759～818）所推，〔註 11〕但從其所言可知，沈德潛認為劉長卿創作較好的詩為近體詩，尤其是五言。而且，沈德潛《唐詩別裁集》重訂本較初刻本，在總體選詩數減少 4 首的情況下，五律增入〈松江獨宿〉、〈送侯侍御赴黔中充判官〉二首，五排增加〈送徐大夫赴廣州〉一首。再結合表 1，初刻本與重訂本選錄劉長卿七律數量不變，共 11 首，僅次於五律。因此，筆者以下就劉長卿五律、五排以及七律展開分析，以觀沈德潛所認可劉長卿擅長的是何種詩歌體裁。

首先，看沈德潛所選劉長卿最多之五言律詩。沈氏在劉長卿五律條下曰：

> 中唐詩近收斂，選言取勝，元氣不完，體格卑而聲調亦降矣。劉文房工於鑄意，巧不傷雅，猶有前輩體段。（卷 11，頁 52）

沈德潛指出，中唐詩相較盛唐詩而言，措辭擇言更為精巧，但也因此格調下降，失去渾然一體的盛唐之氣。沈德潛認為劉長卿五律的特色在「工於鑄意，巧不傷雅」，尚具盛唐規模，並非純然為中唐詩。

從具體詩作而言，沈德潛所選二首送別詩，分別為〈送侯侍御赴黔中充判官〉：

〔註 11〕唐人權德輿曾在序文中提及劉長卿「自以為『五言長城』」，見氏著：〈秦徵君校書與劉隨州唱和詩序〉，清．董誥等輯：《欽定全唐文》，收入《續修四庫全書》第 1642 冊，卷 490，頁 7a。

不識黔中路，今看遣使臣。猿啼萬里客，鳥似五湖人。
地遠官無法，山深俗豈淳。須令荒徼外，亦解懼埋輪。
（卷 11，頁 56）

〈送王端公入秦赴上都〉：

舊國無家訪，臨歧亦羨歸。途經百戰後，客過二陵稀。
秋草通征騎，寒城背落暉。行當蒙顧問，吳楚歲頻飢。
（卷 11，頁 54）

沈氏評：

從黔中著意。（〈送侯侍御赴黔中充判官〉，卷 11，頁 56）

望其救時，不是尋常酬應。（〈送王端公入秦赴上都〉，卷 11，頁 54）

第一首詩圍繞黔中而展開，藉由黔中荒涼來傳達「猿啼萬里客」的感傷之情，是沈德潛所謂「從黔中著意」；第二首詩尾聯「行當蒙顧問，吳楚歲頻飢」，更非「尋常酬應」，呼應首句而「望其救時」。落句意義深厚，亦體現出沈氏所謂詩教風雅精神。該二首雖為送別而作，卻未直言離別，均體現出劉長卿「工於鑄意」之特色。

除〈送王端公入秦赴上都〉外，沈德潛亦指出劉詩其他詩作之「雅」，其評：

方虛谷云：「意深不露。」蓋謂楚漢興亡，唯有流水耳。一老母之墓，樵人猶能識之，以其有一飯之德於時耳。（〈經漂母墓〉，卷 11，頁 53）

按第一則引文所述，〈經漂母墓〉記敘了楚漢興亡，世事更迭，其間惟流水不變，而樵夫仍能識出漂母之墓，是因漂母曾施予韓信（B.C.231～B.C.196）一飯之恩。通過對比烘托，更顯出前朝興替的傷感與漂母的賢德。該詩含義深遠，並不淺露。又如〈送李中丞歸漢陽別業〉一詩：

流落征南將，曾驅十萬師。罷歸無舊業，老去戀明時。
獨立三邊靜，輕生一劍知。茫茫江漢上，日暮欲何之。
（卷 11，頁 53）

沈氏旁批「獨立三邊靜，輕生一劍知」：

> 此追敘其向日之功。（卷 11，頁 53）

沈德潛評論重點在第三聯，該聯道出李中丞（？～？）往日功業，英勇奮戰，捍衛邊疆。且此詩雖然描寫李中丞年老「罷歸無舊業」的蒼涼之感，但亦傳達其「戀明時」之情，尤其尾聯「茫茫」、「日暮」二句，寓情於景，而使整首詩含蓄婉轉。以上二首詩皆顯現出溫柔敦厚，忠君愛國之風雅精神。因此，沈德潛雖指出劉長卿〈新年作〉「老至居人下，春歸在客先」是「巧句，別於盛唐正在此。」（卷 11，頁 55）但總體而言，劉詩「巧不傷雅」。

至若「猶有前輩體段」，則體現在劉長卿〈岳陽館中望洞庭湖〉，沈德潛曰：

> 五六猶有氣焰，然視襄陽、少陵二篇，如江黃之敵荊楚矣。（卷 11，頁 53）

沈德潛評孟浩然〈臨洞庭上張丞相〉：「起法高渾，三四雄闊，足與題稱。」（卷 9，頁 23）論杜甫〈登岳陽樓〉：「三四雄跨今古，寫情黯淡，著此一聯，方不板滯。孟襄陽三四語寫實洞庭，此只用空寫，卻移他處不得，本領更大。」（卷 10，頁 51）三則引文相較而言，自是杜甫優勝，而劉長卿最末。沈德潛所讚孟、杜二首，皆在雄偉宏闊。劉長卿雖不比孟浩然、杜甫，但沈氏認為「疊浪」、「中流」兩句，猶有氣魄，並不收斂。

此外，沈德潛評價劉詩〈穆陵關北逢人歸漁陽〉：「沈鬱。」（卷 11，頁 52）〈尋南溪常道士〉一詩為「右丞一派。」〔註 12〕從此二首評語中，亦可一觀劉長卿五律中之盛唐氣息。

再看沈德潛所選劉長卿之五言排律。沈氏選劉長卿五排共 6 首，但涉及詩評者，僅〈謫居下（干）越亭作〉，其曰：

〔註 12〕《唐詩別裁集》（重訂本）未有此評語，以下所引初刻本評語皆未見於重訂本。見清・沈德潛：《唐詩別裁集（初刻本）》（中國國家圖書館藏，康熙 56 年刻本），卷 6，頁 17a。

「落日獨歸鳥，孤舟何處人」：言鳥歸故處，人滯孤舟，作感興語看，愈有味。（卷 18，頁 68）

「得罪風霜苦，全生天地仁」：歸美君恩，風人之旨。（卷 18，頁 68）

按沈氏所云，「落日獨歸鳥，孤舟何處人」，此語感興有餘味，而「得罪風霜苦，全生天地仁」則是讚美君恩。可見沈德潛認為該詩為風雅之作，可謂是持認可態度。但是，沈德潛曾在劉長卿五排條下言：

大曆以後，邊幅既狹，氣味亦薄，如聽金鐘大鏞忽換錚錚細響，令人索然。〔註 13〕

沈德潛指出大曆以後五排邊幅狹窄，而且盛唐本是金鐘大鼓洪亮之聲，至大曆而變金屬細鳴，無論是題材，還是氣勢，讀之都索然無味。換言之，劉長卿既身為大曆詩人，五言排律雖有佳作，但整體來看，亦有大曆五排之病。

最後觀沈德潛所選劉長卿之七律。沈氏云：「七律至隨州，工絕亦秀絕矣。然前此渾厚兀奡之氣不存。」（卷 14，頁 121）言下之意，劉長卿七律的特色為「工絕」、「秀絕」，但相對的，雄渾之氣便被削弱。這與沈德潛總論中唐五言古詩「漸秀漸平」（卷 3，頁 63）一致。

雖然沈德潛選錄劉長卿七律較多，有 11 首，但涉及詩歌創作優劣之評論卻不多，而且，重訂本將初刻本所論〈送柳使君赴袁州〉一詩為「典則」刪去，〔註 14〕只選而無評。其餘劉長卿七律詩評如下：

誼之遷謫，本因被讒。今云何事而來，含情不盡。（〈長沙過賈誼宅〉，卷 14，頁 122）

直說淺露，右丞則云：「長沙不久留才子，賈誼何須弔屈原。」（〈自夏口至鸚鵡洲望岳陽寄阮中丞〉，卷 14，頁 122）

哭故人可傷矣。「幾日浮生」尤為可傷。（〈題靈祐和尚故居〉，卷 14，頁 123）

〔註 13〕清・沈德潛：《唐詩別裁集（初刻本）》，卷 8，頁 31b。
〔註 14〕清・沈德潛：《唐詩別裁集（初刻本）》，卷 7，頁 23b。

前兩首詩均與賈誼貶謫相關。沈德潛認為〈長沙過賈誼宅〉「寂寞江山遙落處，憐君何事到天涯」一句有「含情不盡」之妙，而〈自夏口至鸚鵡洲望岳陽寄阮中丞〉「賈誼上書憂漢室，長沙謫去古今憐」一句則過於直白，更無法與王維詩相較。第三首〈題靈祐和尚故居〉，初刻本原選為〈江州重別薛六柳八二員外〉，可見沈德潛重訂時，認為此詩情意真切，傷感動人而將其選入。

綜上沈德潛選評之內容與數量而言，沈德潛應最重視劉長卿之五律，與五排、七律純為中唐詩不同，在於劉長卿五律詩「猶有前輩體段」。

二、沈德潛所批判之劉長卿詩體

不同於沈德潛對中唐近體尚有「句意日新」之肯定，其言古體「錢、劉以降，漸趨薄弱」（凡例，頁 2），認為古詩從錢起（722？～780）、劉長卿起，漸失「宏博」。沈德潛又言：

> 古體頓減渾厚之氣矣。（卷 3，頁 63）
>
> 中唐詩漸秀漸近，前人渾厚不復見矣。〔註 15〕
>
> （七古）中唐古詩，寥寥可數，故文房以後、昌黎以前，存十餘首，以志崖略。（卷 7，頁 86）

從以上三則引文可推知，沈德潛認為中唐古詩與近體詩一樣，趨向於漸秀漸平，毫無古詩應有之樸素厚實，因而沈氏批判中唐古詩，尤其是七古，所選僅「以志崖略」而已，其認為中唐七古佳者寥寥。三則引文，皆是在劉長卿條下論述，雖非直言劉長卿，但亦可從中得知沈德潛對劉長卿古體詩的看法。

此外，相較於初刻本，重訂本所刪劉長卿詩歌全為古體，分為五古三首：〈龍門雜詠二首〉、〈杪秋洞庭中懷亡道士謝太虛〉；七古二首：〈明月灣尋賀九不遇〉、〈送友人東歸〉。

〔註 15〕 此則為劉長卿五古〈龍門雜詠二首〉下評語。清．沈德潛：《唐詩別裁集（初刻本）》，卷 2，頁 27a。

不僅如此，沈德潛亦刪除對劉長卿古詩相對誇讚的評語，如：

〈宿懷仁縣南湖寄東海荀處士〉「千峰隨客船」：好句，然自是中唐。〔註 16〕

〈嚴陵釣臺送李康成赴江東使〉：淡淡可諷。〔註 17〕

〈聽笛歌別鄭協律〉：忘言忘象。〔註 18〕

第一則引文中，沈德潛雖將「千峰隨客船」歸為中唐範疇，但也承認此為「好句」。〈嚴陵釣臺送李康成赴江東使〉最後兩聯「臺上漁竿不復持，卻令猿鳥向人悲。灘聲山翠至今在，遲爾行舟晚泊時」，按照儲仲君所詮釋：「長卿詩則謂子陵高風，已不可睹，猿啼鳥鳴，祇足增悲。」「灘聲山翠，猶似昔日，先賢遺韻，仍在於斯。此則足以令君留連不前矣。」〔註 19〕可見此詩淡淡諷之，當符合沈德潛溫柔敦厚之旨。至於〈聽笛歌別鄭協律〉，沈德潛則稱讚此詩「忘言忘象」，將笛曲之妙、別後之悲，寫得深入人心。然而，這三條評語，沈德潛一概刪之，更顯現其「以志崖略」之心，並不希望讀者過多關注中唐古詩。

當然，沈德潛亦有兩例肯定之語，其言劉長卿五古〈送丘為上都〉：「工於用短。」（卷 3，頁 64）七古〈銅雀臺〉：「不必嘲笑老瞞，淡淡寫去，自存詩品。」（卷 7，頁 86）前是談劉長卿五古短篇，〈送丘為上都〉全詩僅六句；後是從詩品而言，劉長卿〈銅雀臺〉詩並未嘲笑曹操（小名阿瞞，115～220）。可見這兩首古詩有其特殊之處，因而詩評得以保留。

而至於絕句，沈德潛在重訂本中刪去劉長卿 2 首七絕。筆者在通讀《唐詩別裁集》選評劉詩後，發現其對劉之絕句並未有過多著墨，亦未有批評之語，僅五絕〈送上人〉、七絕〈重送裴郎中貶吉州〉、〈酬李穆見寄〉後附有評論，分別為：

〔註 16〕清・沈德潛：《唐詩別裁集（初刻本）》，卷 2，頁 27a。

〔註 17〕清・沈德潛：《唐詩別裁集（初刻本）》，卷 4，頁 29b。

〔註 18〕清・沈德潛：《唐詩別裁集（初刻本）》，卷 4，頁 31a。

〔註 19〕儲仲君：《劉長卿詩編年箋注》（北京：中華書局，1996 年），上冊，頁 67。

有「三宿桑下，已嫌其遲」意，蓋諷之也。（卷 19，頁 96）

「同作逐臣君更遠，青山萬里一孤舟」：時文房亦貶為南巴尉，吉州去京師，更遠於南巴。（卷 20，頁 122）

劉後村謂：魏埜（野）林逋，俱不能及。（卷 20，頁 122）

三則引文，或解釋詩意，或解釋句意，亦或是簡單引用他人之評語。對比於沈德潛對劉長卿古詩、律詩評價的內容和數量，可見沈氏並未對劉長卿的絕句有過多關注。

綜上所述，陸時雍雖未全然否定劉長卿之五律、七律與七絕，但在詩作評論的參照對比中，可窺知其批評劉長卿此三種詩體，而推崇劉長卿的五古。沈德潛則不同，明確提出中唐古詩寥寥可數，重訂本更又刪去劉長卿五首古詩以及三首已選錄古詩之評語。從沈德潛選評中可推知，其推重劉長卿之五律。

第五節　陸時雍與沈德潛選評劉長卿差異的緣由

由表 1 選錄數據來看，陸時雍選劉長卿五律最多，其次是五古；沈德潛也是五律最多，其次是七律。但是，對照第三節陸時雍與第四節沈德潛的評價，沈德潛重視劉長卿五律是選評一致的，而且沈德潛也注意到了劉長卿在七律上的創新性，只是評價不高。但陸時雍選五律最多，卻是五古評價最高，謂劉之五律「未見其佳」，選評不一。再者，兩家存在對劉長卿「巧還傷雅」和「巧不傷雅」的評價差異。故而，此節筆者擬透過二人關於「巧」和「雅」的評論，來推斷陸時雍與沈德潛選評劉長卿差異的緣由。

一、陸時雍「巧還傷雅」論

關於詩應「巧」，還是「雅」，陸時雍云：「詩須得雅。」（卷 19，頁 205）他認為：「道歸中和，詩歸風雅。」（卷 9，頁 78）陸時雍又言：

十五《國風》亦里巷語，然雍雍和雅，騷人則蕭蕭清遠之音。（〈總論〉，頁 3）

四言《大雅》之音也，其詩中之元氣乎？（〈總論〉，頁 3）

誠如霍松林解釋：「所謂雅，就是他論《風》、《雅》所說的『雍雍和雅』、『蕭蕭清遠』的『大雅之音』或『中和之則』。」〔註 20〕陸氏指出：

> 夫微而能通，婉而可訊者，風之為道美也。（〈總論〉，頁 3）
>
> 夫溫柔悱惻，詩教也。愷悌以悅之，婉娩以入之，故詩之道行。（〈總論〉，頁 5）

據陸時雍所云，微婉而使人能知其意，和樂平易，溫柔悱惻，才是詩之教、詩之道。

從上述陸時雍對詩教的詮釋中，可發現他秉承詩歌的中和之則。相應地，陸氏反對詩作「過求」。在〈詩鏡總論〉中，其云：

> 詩之所以病者，在過求之也，過求則真隱而偽行矣。（〈總論〉，頁 10）
>
> 善言情者，吞吐深淺，欲露還藏，便覺此衷無限。善道景者，絕去形容，略加點綴，即真相顯然，生韻亦流動矣。此事經不得著做，做則外相勝而天真隱矣，直是不落思議法門。（〈總論〉，頁 10）
>
> 每事過求，則當前妙境，忽而不領。古人謂眼前景致，口頭言語，便是詩家體料。所貴於能詩者，祇善言之耳。總一事也，而巧者繪情，拙者索相。總一言也，而能者動聽，不能者忤聞，初非別求一道以當之也。（〈總論〉，頁 10）

按陸時雍所言，過求則會削弱詩歌真實的表達。具體而論，言情則需含蓄不盡，餘味深遠；道景，則只可略加點綴，用口頭言語描述之，呈現出真實的景緻，自然生動活潑。總而言之，陸時雍認為，詩之貴者，在於神情妙悟，並將所領悟之內涵，真實自然地傳達出來。這樣，才有「妙境」，才能動聽。故而，陸時雍批評「中唐人用意，好刻好苦，好異好詳。」（〈總論〉，頁 10）

〔註 20〕霍松林主編：《中國詩論史》（合肥：黃山書社，2007 年），頁 886。

陸時雍評價中唐詩，道：

> 中唐詩近收斂，境斂而實，語斂而精。勢大將收，物華反素。盛唐鋪張已極，無復可加，中唐所以一反而之斂也……中唐反盛之風，攢意而取精，選言而取勝，所謂綺繡非珍，冰紈是貴，其致迥然異矣。然其病在雕刻太甚，元氣不完，體格卑而聲氣亦降，故其詩往往不長於古而長於律，自有所由來矣。（〈總論〉，頁 11）

按陸時雍所言，盛唐詩鋪張至極，中唐詩為避免亦步亦趨，而繞道行之，漸近收斂，鑽研語句，是故中唐擅長律詩而不善於古詩。中唐古詩因為雕刻過甚，而有體格聲氣卑降之病。同樣地，律詩亦會因此而有弊病，陸時雍云：

> 本欲素而巧出之，此中唐人之所以病也。（〈總論〉，頁 11）

陸時雍以「巧出之」為詩之病，愈雕鏤詩句，則離溫柔悱惻的風雅精神愈遠。因此，陸時雍讚賞：

> 李端，「園林帶雪潛生草，桃李雖春未有花」：清標絕勝。（〈總論〉，頁 11）
>
> 李嘉祐，「野棠自發空流水，江燕初歸不見人」：風味最佳。（〈總論〉，頁 11）
>
> 白居易，「獸形雲不一，弓勢月初三」：不琢而工。（〈秋思〉，卷 44，頁 1040）

而批判：

> 盧綸，「家在夢中何日到，春生江上幾人還」：初、盛人不出此。（〈長安望春〉，卷 32，頁 863）
>
> 權德輿，「湖月供詩興，煙嵐費酒錢。上帆投極浦，欹枕傲晴天。」：四語尖而雋。（〈送張周二秀才謁宣州薛侍郎〉，卷 35，頁 915）

從引文來看，陸時雍讚揚的三首詩，都有「不琢而工」的特色，詩句語序通順，以口頭言語道出眼前景緻。而陸時雍所批評之詩，都是雕鑿刻畫之句，刻意跳脫對意象的固有認知，如「家在夢中」、「煙嵐費酒錢」等，顯得尖新，與陸時雍強調溫柔悱惻的詩教精神不符，是而「傷雅」。

二、沈德潛「巧不傷雅」論

與陸時雍類似，沈德潛論詩亦重詩教。其云：「學詩者沿流討源，則必尋究其指歸。何者？人之作詩，將求詩教之本原也。」（原序，頁1）沈德潛認為學詩者應當以「詩教之本原」為指歸，從中可初步推測沈氏十分重視詩歌詩教的表達。其曰：

> 詩教之衰，未必不自編詩者遺之也。夫編詩者之責，能去鄭存雅，而誤用之者，轉使人去雅而羣趨乎鄭。（原序，頁1）既審其宗旨，復歸其體裁，徐諷其音節，未嘗立異，不求苟同。大約去淫濫以歸雅正，于古人所云「微而婉，和而莊」者，庶幾一合焉，此微意所存也。（原序，頁2）

又在重訂本言：

> 至於詩教之尊，可以和性情，厚人倫，匡政治，感神明，以及作詩之先審宗指，繼論體裁，繼論音節，繼論神韻，而一歸於中正和平。（重訂序，頁1）

按沈氏所言，詩教之衰是編詩者的責任。因此，編詩者要「去鄭存雅」，審詩歌宗旨，並以考慮體裁、音節、神韻。沈德潛表明，「去淫濫以歸雅正」是他編選《唐詩別裁集》微意所在。再見重訂本序言，沈氏又重申「歸於中正和平」之意，並且闡明詩教的效用，可以「和性情，厚人倫，匡政治，感神明」。從初刻本到重訂本，沈德潛一直在強調詩教。可見，歸於詩教的和平雅正，是其編選《唐詩別裁集》一以貫之的理念。故而，涉及夫婦男女之詞者，沈氏「要得好色不淫之旨，而淫哇私褻，槩從闕如。」（凡例，頁5）這正是其「去鄭存雅」理念的體現。

雖然沈德潛重視溫柔敦厚的詩教之旨，然而正如前文所述，他認為「鯨魚碧海」的宏博詩作能「扶掖雅正」，而與陸時雍所重愷悌婉娩的詩教之旨不同。根據張俐盈研究，沈德潛的詩學觀念受到陸時雍的影響，為其格調詩學注入天機隨觸、靈變流動之活泉，但是另一方面由於沈德潛將詩歌視為提升學習者素養的實用途徑，因此在終極關懷上勢必與陸時雍重視美學傾向的詩學分道揚鑣。〔註21〕

沈德潛詩學靈活變動的特點也體現在詩體認識上。相較於古體詩，律詩作為唐代新興的詩體，沈德潛並推「舂容大雅」、穠麗自得的詩作，而不僅是「鞭撻海岳」、「胸次開闊」之作。（凡例，頁3）

同時，沈德潛注意到中唐近體詩「句意日新」的特色，其云：「錢、劉以下，專工造句。」（卷11，頁56）又評：

> 錢起「螢遠入煙流」：月夜螢光自失，然遠入煙叢，則仍見其流矣。此最工於體物。（〈裴迪南門秋夜對月〉，卷11，頁56）
>
> 劉方平（～750～）「萬影皆因月」：巧而不纖。（〈秋夜泛舟〉，卷11，頁65）
>
> 鄭錫（？～？）「孤帆暮雨低」：著雨則帆重。體物之妙，在一低字。（〈送客之江西〉，卷11，頁67）

從沈德潛評語中可見，其肯定中唐五言律詩「工於體物」的部分，認為工於造句，不傷雅正的詩教精神，反而使詩句更為精巧。針對中唐七言律詩，沈氏持相似觀點，其曰：

> 白居易（772～846）「良冶動時為哲匠，巨川濟了作虛舟」：第四語尤工於立言。（〈和楊尚書罷相後暇遊永安水亭兼招本曹楊侍郎同行〉，卷15，頁7）
>
> 元稹（779～831）「萱近北堂穿土早，柳偏東面受風多」：句新。（〈和樂天早春見寄〉，卷15，頁11）

據沈德潛所言，白居易詩以「良冶動時」、「巨川濟了」作比，一為哲匠，一為虛舟，從而提出功成身退的思想，沈氏認為該詩工在立意。而元稹詩則從方位描述早春時節萱草柳樹的情形，可謂別出新裁。

〔註21〕張俐盈：〈從重「情韻」到好「高大」：論陸時雍、沈德潛詩學承變關係〉，《興大中文學報》第45期（2019年6月），頁95～119。

不過，與肯定中唐五律「巧」不同，沈德潛對中唐七律「求工」有所指摘，其評：

> 皇甫冉（716～769）「機中錦字論長恨，樓上花枝笑獨眠」：惟笑獨眠，句工而近纖，或難與沈詩爭席耳。（〈春思〉，卷14，頁126）
>
> 韋應物（737～791）「寒樹依微遠天外，夕陽明滅亂流中」：「寒樹」句，畫本；「夕陽」句，畫亦難到……作意求工，少天然之致矣。山水雲霞，皆成圖繢，指點顧盼，自然得之，才是古人佳處。（〈自鞏洛舟行入黃河即事寄府縣僚友〉，卷14，頁125）

沈德潛認為皇甫冉「樓上花枝笑獨眠」一句過於求巧，使詩歌氣象纖細，而無法匹敵沈佺期（656～714）〈古意〉詩。而韋詩，雖然造句巧妙，將寒樹、夕陽之景呈現於眼前，然而沈氏指出，山水景物，重在自然，刻畫得之，則有損天然韻味。

沈德潛認為中唐七律只有「大曆十子及劉賓客、柳柳州」等人「紹述」盛唐（凡例，頁3），並指出：

> 大曆以後，劉夢得高於文房。（卷15，頁3）

沈氏評劉長卿七律「工絕亦秀絕」、「渾厚兀奡之氣不存」（卷14，頁121）。可見，劉之七律已去盛唐之遠，是而不如劉禹錫（字夢得，772～842）。因此，沈德潛一方面關注到劉長卿七律，初定本與重刻本皆選11首，佔劉七律總數17%，超過五律所佔9%，肯定其七律工秀的創新之處，但另一方面也指斥其七律不夠雄渾。

綜上所論，陸時雍與沈德潛對中唐詩工巧的接受有別。陸時雍以巧為病，論劉長卿五律「巧還傷雅」，沈德潛則是理解性地接受巧，評劉「巧不傷雅」。因而，兩家在都尊重劉長卿五律創作最多的客觀情況下，陸時雍推崇劉之五古，而沈德潛推重劉之五律，並又注意到劉長卿七律的創新性。

第六節　明、清詩論對劉長卿擅長詩體之爭論

劉長卿既自詡為「五言長城」，可見他對於自己五言詩創作的自信。本節欲從此入而探討明、清詩論對劉長卿所擅長詩體的看法。

首先是劉長卿的五言詩，據筆者考察，明、清詩論中對劉長卿五言詩體的討論並不多。有認為「五言長城」是指五律者，如清人宋育仁（1858～1931）言：

> 其源出於柳渾、薛道衡。馳思波潤，流音玉亮，尤工五律，當時號為「五字長城」。〔註22〕

宋育仁以為「五言長城」是對劉長卿五律的稱讚。除五律外，亦有認為劉長卿擅長五古，如清人盧世㴶（1588～1653）云：

> 世之賞隨州者，徒以其近體已爾。而隨州五言古詩之妙，世或未之知也。〔註23〕

盧世㴶卻辯正劉長卿五古亦妙，當為世所知。相較五律與五古，明、清對劉長卿五排的探討相對多些，如第二章中提到鍾惺（1574～1624）以為劉長卿排律「深老博大」、「氣骨向上」，又如清人牟願相（？～？）云：

> 劉文房五言長律，博厚深醇，不減少陵；求杜得劉，不為失求。〔註24〕

按牟願相的觀點，劉長卿能與杜甫相媲美，如其五言長律醇厚深宏，不輸少陵。正是所謂「求杜得劉，不為失求」，本學杜而終成劉，也不為失求，不算失敗。

明、清對劉長卿詩體討論最多的應是七律。有承認劉長卿「五言長城」的稱號，但同時認為七律為最，清人喬億（1702～1788）云：

〔註22〕清・宋育仁：《三唐詩品》，張寅彭選輯，吳忱、楊焄點校：《清詩話三編》第10冊（上海：上海古籍出版社，2014年），卷2，頁6830。

〔註23〕清・盧世㴶：《尊水園集略》，收入《清代詩文集彙編》第5冊（上海：上海古籍出版社，2010年），卷8，頁4b。

〔註24〕清・牟願相：《小澥草堂雜論詩》，郭紹虞編選，富壽蓀校點：《清詩話續編》（上海：上海古籍出版社，1999年），頁919。

> 隨州「五言長城」，七律亦最佳。〔註 25〕

> 文房固「五言長城」，七律亦最高，不矜才，不使氣，右丞、東川以下，無此韻調也。〔註 26〕

清人張世煒（？～？）曰：

> 氣韻高老，筆力復遒勁，當在高、岑之上。文房七律精到處，可與盛唐諸公爭雄，不止五言稱「長城」而已。〔註 27〕

喬億和張世煒都表明劉長卿不獨為「五言長城」，其七律亦最高。喬億進一步指出，劉長卿之七律，不矜才使氣，在王維和李頎之後，獨他一人有此韻調。此應是指劉七律詩不好用典，據蔣寅統計，在劉長卿 63 首七律中，有半數以上通篇不用典。〔註 28〕而張世煒更是認為劉長卿筆力強勁，不僅可以與「盛唐諸公爭雄」，更是在高適、岑參之上，可謂是盛讚劉之七律。

此外亦有詩論家提出七律以盛唐詩家為尊，以劉長卿為輔。如王士禛（1634～1711）曰：

> 七律宜讀王右丞、李東川。尤宜熟玩劉文房諸作。〔註 29〕

方東樹（1772～1851）亦說：

> 今定七律，以杜公七律為宗，而輔以文房。〔註 30〕

方東樹句意已十分明顯，而王士禛雖認為七律應讀王維、李頎諸作，但尤其適宜認真鑽研劉長卿的作品。

〔註 25〕清・喬億：《劍溪說詩》，郭紹虞編選，富壽蓀校點：《清詩話續編》，卷下，頁 1094。

〔註 26〕清・喬億選編，雷恩海箋注：《大曆詩略箋釋輯評》（天津：天津古籍出版社，2008 年），卷 1，頁 63。

〔註 27〕筆者未能得見清・張世煒：《唐七律雋》，轉引自陳伯海：《唐詩匯評》上冊（杭州：浙江教育出版社，1995 年），頁 487。

〔註 28〕蔣寅：《大曆詩人研究》（北京：中華書局，1995 年），頁 48。蔣寅應是根據《全唐詩》統計，與《四庫全書》本《劉隨州集》所錄劉長卿七律相差 1 首，《劉隨州集》所錄七律多〈哭陳使君〉一首。

〔註 29〕清・王士禎口授，清・何世璂述：《然鐙記聞》，丁福保編：《清詩話》上冊（上海：上海古籍出版社，1978 年），頁 120。

〔註 30〕清・方東樹：《昭昧詹言》（臺北：漢京文化事業有限公司，1985 年），卷 18，頁 420。

上述是為劉長卿之五言與七律，亦有肯定其絕句者，例如《四庫全書總目》，其稱劉長卿：「諸體皆以絕句為冠，中間古體、近體亦多淆亂。」〔註31〕《總目》並不認可劉之古、近體詩，覺其古律參雜而相互混淆，但認同「絕句為冠」。

以上皆是認為劉長卿某一體最佳，尚有詩家覺其諸體皆善。明代譚元春（1586～1637）云：

> 中唐諸家各有獨至處，即各有偏蔽處，人皆知避之。至於文房，則幾無瑕可指矣。〔註32〕

明人方弘靜（1517～1611）語：

> 劉長卿詩諸體與五言未見優劣，而獨以五言長城得名，蓋一時之評也。〔註33〕

清人盧文弨（1717～1796）曰：

> 隨州詩固不及浣花翁之博大精深，牢籠眾美，然其含情悱惻，吐辭委婉，緒纏綿而不斷，味涵詠而愈旨，子美之後定當推為巨擘。眾體皆工，不獨五言為長城也。〔註34〕

以上三則引文皆是同意，即覺得劉長卿諸體皆工。譚元春從對比的角度，指出中唐諸人各有獨特處，也各有弊病，而到劉長卿處，覺得諸詩無可指摘；方弘靜提出劉長卿以「五言長城」而得名，只是一時之評論而已，並非是其餘諸體劣於五言；盧文弨則認為劉長卿固然比不上杜甫博大精深，雄偉壯麗，但他仍可以通達杜甫。盧文弨更是指出，劉詩「含情悱惻，吐辭委婉」，眾體皆工，杜甫之後，當稱他為巨擘。

〔註31〕清．永瑢，清．紀昀等撰：《武英殿本四庫全書總目提要》第4冊（臺北：臺灣商務印書館，1983年），卷149，頁37a。

〔註32〕筆者未能得見明．譚元春：《唐詩歸折衷》，故轉引自陳伯海主編：《唐詩匯評》上冊，頁468。

〔註33〕明．方弘靜：《千一錄》，收入《續修四庫全書》第1126冊，卷12，頁15a。

〔註34〕清．盧文弨：〈劉隨州文集題辭〉，《抱經堂文集》第2冊（北京：中華書局，1985年），卷7，頁100。

綜上而論，明、清對劉長卿所工之詩體，眾說紛紜。劉長卿五律創作共 216 首，超過其詩集的一半，蔣寅亦評價其五律「工穩妥貼，風韻天然，可以目為『五言短城』。」〔註 35〕依全文而推論，沈德潛重視劉長卿「五律」，陸時雍重視「五古」，兩人都選劉之五律最多，明、清詩論家也多有肯定劉長卿五言詩創作者，這都從不同的面向印證劉長卿「五言長城」的稱號。但結合前面三節，筆者以為，應當更加重視劉之七律。趙翼（1727～1814）曾云：

> 劉長卿、李義山、溫飛卿諸人，愈工雕琢，盡其才於五十六字中，而七律遂為高下通行之具，如日用飲食之不可離矣！〔註 36〕

葛曉音補充道：「劉長卿和杜甫都處於盛唐七律已經成熟，但尚未形成獨特體式優勢的特定階段，都具有進一步發掘七律表現潛力的自覺意識。與杜甫的『變格』不同，他在基本保持盛唐七律『正宗』風韻的基礎上，開拓了七律營造意境的空間；同時，突破早期七律程式的局限，探索了按抒情邏輯自由安排結構以及處理情景關係的多種手法，既將古詩曲折盡情的功能引入七律，大大拓展了七律抒情的容量和深度，又以其深沉蘊藉的藝術特色，為七律增添了一種區別於五律和七古的表現感覺。」〔註 37〕蔣寅也說：「劉長卿的出現改變了七律發展的趨向。」〔註 38〕再結合趙翼所云，劉長卿等人工於雕琢，講究語言的煉飾，而使七律成為廣泛運用的詩體，可謂是貢獻甚大。

不僅如此，若細較劉長卿之前的七律創作，以杜甫為最，共 151 首。劉長卿七律共 63 首，僅次於杜甫，而又遠高於王維 20 首。再參見表 3，從數量上來說，七律一直到中、晚唐才有了較為充足的發展。

〔註 35〕蔣寅：《大曆詩人研究》，上冊，頁 31。

〔註 36〕清・趙翼：《甌北詩話》，郭紹虞編選，富壽蓀校點：《清詩話續編》，卷 12，頁 1342。

〔註 37〕葛曉音：《唐詩流變論要》（北京：商務印書館，2017 年），頁 169。

〔註 38〕蔣寅：《大曆詩人研究》，上冊，頁 46。

而五律，無論初、盛唐，還是中、晚唐，都處於優勢的地位，可見是一種廣泛運用的詩體。因此，劉長卿的七律有其獨特的地位。

表 2　唐代詩人創作七律數〔註 39〕

詩人	劉長卿	杜甫	王維	沈佺期	岑參	李白	李頎	崔顥	高適
七律	63	151	20	16	11	8	7	7	7

表 3　唐代詩歌數量統計〔註 40〕

	五古	七古	五律	七律	五排	七排	五絕	七絕
初唐	663	58	**823**	**72**	188	0	172	77
盛唐	1795	521	**1651**	**300**	329	8	279	472
中唐	2447	1006	**3233**	**1848**	807	36	1015	2930
晚唐	561	193	**3864**	**3683**	610	26	674	3591

另外，雖然劉長卿的五古被高棅列入了名家，並且本章第三節亦具體論述了陸時雍對劉長卿五言古詩的推崇，但是，誠如宋人張戒所言：

> 劉隨州古詩似律。〔註 41〕

張歷友（？～？）亦云：

> 唐人劉文房〈龍門八詠〉亦善此體。然幾於半律矣。〔註 42〕

劉長卿有古詩中參雜律句的情況，如〈龍門八詠〉之〈福公塔〉：

> 寂寞對伊水，經行長未還。東流自朝暮，千載空雲山。
> 誰見白鷗鳥，無心洲渚間。(《劉隨州集》，卷 4，頁 7b)

〔註 39〕數據整理自陳順智：《劉長卿詩歌透視》(武漢：湖北人民出版社，1994 年)，頁 58。劉長卿七律數量，陳順智應是根據《全唐詩》統計而來。

〔註 40〕施子愉：〈唐代科舉制度與五言詩的關係〉，《東方雜誌》第 40 卷第 8 期（1944 年 4 月），頁 39。

〔註 41〕宋・張戒：《歲寒堂詩話》，清・何文煥、丁福保：《歷代詩話續編》第 1 冊，卷上，頁 14b。

〔註 42〕清・王士禛：《詩友師傳錄》，丁福保：《清詩話》上冊，頁 139。

〈渡水〉：

> 日暮下山來，千山暮鐘發。不知波上棹，還弄山中月。
> 伊水連白雲，東南遠明滅。(《劉隨州集》，卷 4，頁 8b)

以上兩首五古，第二字皆對黏工整，「不知波上棹，還弄山中月」一句亦對仗妥貼，律化的狀況十分明顯，無怪王士禛云〈龍門八詠〉「幾於半律」。此外，又如劉長卿五古〈出豐縣界寄韓明府〉：

> 迴首古原上，未能辭舊鄉。西風收暮雨，隱隱分芒碭。
> 賢友此為邑，令名滿徐方。音容想在眼，暫若升琴堂。
> 疲馬顧春草，行人看夕陽。自非傳尺素，誰為論中腸。
> (《劉隨州集》，卷 5，頁 5a～5b)

該詩押平聲韻，除了第三、四聯有出律的情況外，如「升琴堂」犯了下三平，其餘皆合乎平仄格律要求。另，此詩僅「疲馬顧春草，行人看夕陽」一聯對仗工整，而其餘幾聯均未符合律詩對仗的條件。因而，此詩為五言古詩，而非五言排律。清人施補華（1835～1890）云：

> (劉)古詩亦近摩詰，然清氣中時露工秀……此所以日趨於薄也。〔註 43〕

所謂「工秀」，即是指以律入古，古詩律化，自然容易失去原本古樸渾厚的風格，而漸趨於薄。不過，劉長卿的古詩失去淳樸雄厚之風，不只是他一人的問題。反倒是唐代新興的律詩，尤其是七言律詩，更有創造力與生命力，所以中唐以後的律詩創作數量大增(可參見表 3 施子愉的統計數據)。因此，從詩體發展的角度看，筆者以為應當給予劉長卿七律更多的注視。

第七節　結語

本章以陸時雍《唐詩解》與沈德潛《唐詩別裁集》為切入點，從兩個選本的比較出發，從而探討劉長卿所擅長的詩體。以選詩旨趣來

〔註 43〕清・施補華：《峴傭說詩》，丁福保：《清詩話》下冊，頁 981。

看，陸時雍並不強調詩體間的差異，主張惟情惟意，各種詩歌體裁都應擁有天然之姿，而非是人力的刻意為苦、為奇；無論是古體詩，還是近體詩，沈德潛都推崇宏偉壯闊的詩歌，但同時也倡導近體詩的多樣風格。因此，陸時雍和沈德潛對劉長卿各個詩歌體裁的看法並不一致。

陸時雍所稱讚者，有五古、七古、五排三體，且劉長卿此三詩體，陸時雍皆無一言半語的批評。陸時雍認為劉長卿的古體詩淺淺得趣，而且體物情深。至於劉長卿排律，則不再是淺趣體物，而是「精琢」，因此體瘦神清。此外排律亦有「意老」之作。陸時雍所批判者，有七律、七絕、五律三體。不同於五古、七古與五排無一批判之語，五律、七律與七絕，或直接在詩作中指出不足，或特於其後附詩而提出批評。主要批評詩作「太嫩」、語意重複，以及感情過於濃烈而傷風雅。

而觀之沈德潛，雖然從劉長卿詩歌各體的選錄數量以及初刻本與重訂本的差異來看，沈德潛當是注重劉之五律、五排以及七律，然而劉長卿五律因「猶有前輩體段」而獲得沈德潛最多關注。換言之，沈氏最認可劉長卿的五言律詩。其所批判者，則是劉長卿的古詩。沈德潛不僅明確提出中唐古詩寥寥可數，漸趨薄弱而失渾厚兀奡之氣，重訂本更又刪去劉長卿的古詩以及評語。

陸時雍與沈德潛選評劉長卿詩歌差異的緣由，是其二人對中唐詩工巧的接受不同。陸時雍以巧為病，而指斥劉長卿五律「巧還傷雅」，沈德潛則靈活性地接受巧，以為劉之五律「巧不傷雅」，並因此而關注到劉長卿七律的創新性，只是評價不高。

最後，筆者討論明、清詩論對劉長卿所擅長詩體的爭議。明、清對劉長卿所工之詩體，說法不一：有承認其「五言長城」之評價，但五律、五古及五排均有所指認，其中認為五排最優者，相對更多；也有覺劉長卿詩體之冠應是絕句；亦有詩家以為劉長卿諸體皆善，但更多的討論主要集中在七言律詩上。從詩歌發展變化的角度而言，筆者認為，應給予劉長卿七律更多的關注。

第四章　《大曆詩略》選評劉長卿詩風要旨——兼論劉長卿體氣開大曆之先

第一節　前言

在論文第二章的部分，筆者探討了劉長卿（725～789）的時代歸屬問題，並將其歸屬為中唐。在明、清唐詩選本中，亦多將劉長卿置於「中唐第一」的位置，如陸時雍（？～1640）《唐詩鏡》、沈德潛（1673～1769）《唐詩別裁集》等。然而如前章所述，高棅（1350～1423）將劉長卿的五古與七律分別歸為盛唐品目下的名家與羽翼，其餘詩體則劃為中唐接武，反映出劉長卿兼具盛、中唐詩歌特色。本章欲進一步討論在中唐詩歌史的視野中，當如何看待劉長卿的詩歌，並據此而分析劉長卿的詩歌風格。

喬億（1702～1788）在其《大曆詩略》中直言：「首卷獨劉長卿，體氣開大曆之先也。」〔註 1〕似已闡述了劉長卿在中唐詩歌中的定位，然則明、清詩家屢將劉長卿與錢起（722？～780）並稱，而劉長卿何

〔註 1〕清．喬億編，雷恩海箋注：《大曆詩略箋釋輯評》（天津：天津古籍出版社，2008 年），原序，頁 I。以下所引《大曆詩略》內容，皆出自此書，採隨文註。

以能體氣獨開大曆之先？此外，喬億選劉長卿詩高達 85 首，數量位列全書第一。喬億為何選劉長卿詩如此之多，是否與喬氏對劉長卿的詩歌史定位有關？本章亦將展開討論此一問題。

喬億，字慕韓，號劍溪，江蘇寶應（今江蘇揚州）人，雍正十三年（1735）應試不第後棄舉業，〔註 2〕而專力於詩，主講猗氏書院、郇陽書院，有《小獨秀齋詩》、《夕秀軒詩》、《杜詩義法》、《劍谿說詩》等。其所著《大曆詩略》為清代唯一一部大曆詩評選，喬億自言：

> 余始輯在丁丑、戊寅間，閱十四寒暑乃卒業，其各加品騭，亦採擇時筆隨興到，不能已已。顧費日力於此，悔獨在半山也哉！乾隆壬辰冬十一月寶應喬億書於居安樂玩之堂。（〈原序〉，頁 I）

> 余抄《大曆詩略》，編次六卷，凡四易其稿……始開雕在今春三月，歲杪將告竣，既為之序，復綴數語以志同人高誼，胡篤信而莫余紕謬也。億並識，時年七十有一。（〈原序〉，頁 I）

從喬氏自序中可看到，該書開始於丁丑（1757）、戊寅（1758）年間，歷經十四年。其間四易其稿，至辛卯（1771）定稿，至壬辰（1772）而刊刻行世，喬億已是七十一歲高齡，可見其嚴謹的態度及其對《大曆詩略》的重視。

雷恩海在介紹喬億及《大曆詩略》時云：

> 喬億的《大曆詩略》是一部特色鮮明、影響較大的唐詩選本，對盛、中唐兩大詩學高峰之間的低谷——大曆詩歌，作出比較全面的選錄、評點、整理，標舉大曆詩風，突出其詩學史

〔註 2〕《寶應縣誌》記載：「喬億，字慕韓，號劍溪，為人美須髯，善談論。以國學生應棘闈試，不售，輒棄去，專肆力於詩。」見清．成觀宣：《寶應縣誌》（湯氏沐華堂藏板，1840 年），卷 19，頁 13a。又，清．沈起元跋：「今慕韓以省試至具所，為詩來謁，余見慕韓如見尊甫先生……」落款是「雍正十有三年中秋前二日婁東學弟沈起元跋於鍾山書院。」清．喬億撰：《小獨秀齋詩》，四庫未收書輯刊編纂委員會編：《四庫未收書輯刊》集部 10 輯第 28 冊（北京：北京出版社，1997 年），頁 618。

> 上的意義。喬億學有殖養，既服膺神韻派領袖王漁洋，也與格調派的創始人沈德潛交厚，轉益多師，詩學理論豐富，有《劍溪說詩》傳世，又工於作詩，所評點乃自家體悟之得，多能切中肯綮，啟發人意。且喬氏開館授徒，轉徙各地，生活體驗與職業素養使其選詩評詩別具眼光，境界頗高。（〈後記〉，頁 559）

據雷恩海所言，喬億工於作詩，轉益多師而又開館授徒，因此，其評點多能切中肯綮，頗有參考價值。更重要的是，喬億之《大曆詩略》，專選大曆詩歌，對歷來被忽略的大曆詩歌作了較為全面的介紹。卞孝萱（1924～2009）亦有類似論點，其為《大曆詩略箋釋輯評》作序云：

> 喬億深知《唐賢三昧集》及《唐詩別裁集》之缺失，故《大曆詩略》之編選，意在彰示唐詩發展史上的重要環節，突現盛唐、中唐兩大詩歌高峰之間的詩風、詩藝上的自然承接、衍變，突出大曆詩歌的成就。（〈序〉，頁 I）

據雷恩海及卞孝萱所語，喬億此書突出了大曆詩歌在盛、中唐過渡階段的詩歌史意義，並凸顯了大曆詩風。故而，筆者以喬億《大曆詩略》為切入點，探討劉長卿的詩歌風格。同時在與其他大曆詩人的對比中，探究劉氏「體氣開大曆之先」的原因。

第二節　《大曆詩略》編選目的及其體例

一、《大曆詩略》編選目的

〈前言〉已提及，喬億所編《大曆詩略》是唯一一部專選大曆詩的唐詩選本，且喬氏耗費心力巨大，可見其對大曆詩歌的重視。喬氏自言：

> 是編也，雖不逮王漁洋《三昧》之超玄，沈文慤《別裁》之該備，然陟遐自邇，此則導夫先路，為四達之梯航也。（〈原序〉，頁 I）

喬億承認《大曆詩略》雖然不如王士禛《唐賢三昧集》以及沈德潛《唐詩別裁集》，但是也寄希望於此編能導夫先路，即關注被忽略的大曆詩歌，繼而指明學詩的有效途徑。喬氏言語之間，隱隱有提升大曆詩歌地位之意。然則，喬氏為何重視大曆詩，其編選目的是何？以下具體展開闡述。

在喬億的詩學體系中，屢將大曆詩與盛唐詩並言，其云：

> 近人謂學詩斷自元和，不可作開元、大曆之想，是朝菌蟪蛄儔也。尚何言哉！尚何言哉！〔註3〕

喬億認為，學詩者不學開元、大曆之詩，則是朝菌蟪蛄之輩，無可與之言。但同時，喬億提出解釋道：

> 為詩者不祖開元、大曆有故，一為格韻高，非後人易到，但習復長慶以下詩為便利，以至瑣碎寒窘，入鄙體、俗體而不自知。一為語清省，無以拓展才思，徑放筆為韓、蘇，規模始大，以至亂雜無章，名野體而不可得，是無惑乎？學如牛毛，成如麟角也。(〈說詩五則〉，頁 V)

按喬氏之言，為詩者不祖開元、大曆的原因是一致的，都因「格韻高」和「語清省」而不易學。換言之，大曆詩在格韻與語言上的成就是可以與盛唐詩相提並論的。喬氏繼而指出，詩無格韻，則會因瑣碎而入俗體；語言若只注重豪放，則會雜亂無章，無詩之體。可見，喬億認為，作詩應當注重詩歌的格韻，以及語言的清平省約。

針對「語清省」一則，喬億又引陳獻章（世稱「白沙先生」，1428～1500）之言，曰：

> 陳白沙先生云：「完養心氣，臻極和平，勿為豪放所奪，造詣深後，自然如良金美玉，無瑕纇可指摘。若恣意橫為，詞氣間便一切飛沙走石，無老成典雅，規矩蕩然，識者笑之矣。」余謂論詩於蒙叟後，不為豪放所奪者蓋寡。(〈說詩五則〉，頁 V)

〔註3〕清·喬億：《劍谿說詩》，郭紹虞編選，富壽蓀校點：《清詩話續編》（上海：上海古籍出版社，1999年），卷下，頁1104。

聯繫上則引文，可見陳獻章對恣意橫為的批判，與喬億對「語清省」的提倡是一致的。兩者均表示，如果徑意放筆，則詞氣散亂，規矩蕩然無存，更遑論拓展才思。喬億指出，從錢謙益（1582～1664）之後，詩歌「不為豪放所奪者蓋寡」，故而強調語言的清平簡練，不能一味追求豪放。

喬億在提升大曆詩地位的同時，亦點明大曆詩的缺點，其云：

> 大曆詩品可貴而邊幅稍狹，長慶間規模較闊而氣味遜之。（〈說詩五則〉，頁 V）

喬億將大曆詩與長慶（821～824）間詩作比較，認為長慶詩規模闊於大曆，但氣味稍遜，而大曆詩雖然邊幅狹窄，但是「詩品可貴」。喬億曾言：「論詩如論士，品居上，才次之。」〔註 4〕可見在喬億的詩學體系中，詩品重於詩才，是故喬氏有云：

> 大曆諸子力雖不厚，而體制輕圓，血脈動蕩，可為發軔標準。〔註 5〕

按喬億所言，大曆諸子詩雖然才力不渾厚，但是仍可作為初學者的標準。

綜上所述，結合蔣寅研究《大曆詩略》後所提出：「大曆詩人有了一個新的定位——境界雖不算闊大，卻是頗有品格和特色的一群詩人」，以及「喬億鑽研杜詩後發現不易入門，退而取徑於大曆，也是很自然的結果。」〔註 6〕筆者以為，喬億編選《大曆詩略》之目的在於提供學詩之門徑。

二、《大曆詩略》編選體例

喬億所著《大曆詩略》，所選詩歌皆是按照先五言後七言、先古

〔註 4〕清．喬億：《劍谿說詩》，郭紹虞編選，富壽蓀校點：《清詩話續編》，卷下，頁 1104。

〔註 5〕清．喬億：〈郇陽書院條約十二則有序〉，《劍溪文略》，收入國家清史編纂委員會：《清代詩文集彙編》第 299 冊（上海：上海古籍出版社，2011 年），頁 4a。

〔註 6〕蔣寅：〈喬億《大曆詩略》與格調詩學的深化〉，《華南師範大學（哲學社科版）》2016 年第 5 期（2016 年 10 月），頁 154。

體後律體的順序排列，無一例外。至於卷次安排，喬億在序言中，有詳細論述，其曰：

> 唐大曆十才子姓氏載《新書》盧綸傳，江鄰幾所志乃十一人，互異者三而四，今合傳、志，退中孚、發、審，進皇甫冉，別為次第，以錢、郎、三李、皇甫分列中四卷為之冠，盧、韓、司空、崔、耿及冉弟曾各綴於其下，而首卷獨劉長卿，體氣開大曆之先也。劉方平以下十九人先後翱翔於天寶、貞元之際，不皆與錢、郎諸家接席而散帙，清華之氣湛若方新，無弗同也。惟劉復言氣韻尤高，顧況歌詞駿發踔厲而外，錄其能似類者。戎昱、戴叔倫尚存雅調，都為末卷，以盡大曆之體制無遺。（〈原序〉，頁 I）

從上述序言中可看到，喬億並未悉數選錄大曆十才子之詩，其退苗發、吉中孚、夏侯審三人之詩，進而選錄皇甫冉之詩。筆者將《大曆詩略》卷次整理如表 1，從中可見，劉長卿獨列卷首，開大曆之先。而錢起、郎士元等人則作為大曆詩的主體，分列卷 2～卷 5。卷 6 則是劉方平等 19 人，作為大曆詩的餘韻，以盡體制之無遺。《大曆詩略》共選 32 位詩人，526 首詩歌。

表 1 《大曆詩略》卷次安排

卷次	詩人及詩歌數
卷 1	劉長卿 85 首
卷 2	錢起 72 首，盧綸 21 首
卷 3	郎士元 30 首，韓翃 33 首，司空曙 20 首，崔峒 6 首
卷 4	李益 44 首，李端 26 首，耿湋 16 首
卷 5	李嘉佑 23 首，皇甫冉 44 首，皇甫曾 15 首
卷 6	劉方平 14 首，柳中庸 7 首，蔣渙 1 首，秦系 1 首，張繼 7 首，嚴維 6 首，顧況 12 首，鄭錫 3 首，戎昱 9 首，姚倫 1 首，戴叔倫 11 首，於良史 1 首，張眾甫 2 首，章八元 1 首，張南史 6 首，劉商 2 首，劉復 3 首，冷朝陽 1 首，朱放 3 首

此外，對於《大曆詩略》所選詩人，喬億都附有小傳，主要介紹詩人之籍貫、字號以及做官經歷，以劉長卿為例：

> 字文房，河間人。開元二十一年（733）進士，至德（756～757）中為監察御史，以檢校祠部員外郎為鄂岳轉運使判官，觀察使吳仲孺誣奏，貶南巴尉，後除睦州司馬，終隨州刺史，卒。（卷 1，頁 1）

喬億所載劉長卿生平，突出了劉長卿為官貶謫的細節經歷，其餘詩人之小傳大抵如此。但若有突出詩人人品氣節之事蹟，喬億亦記錄在小傳中，如戎昱（735～800）「京兆尹李鑾欲以女妻之，令改姓，昱辭」；張南史（？～？）「好弈棋，後折節讀書，遂入詩境。」強調戎昱誓不改姓的骨氣，張南史改變舊習、發憤讀書的決心。

至於選錄的詩歌，喬億採用圈點、評註的方式，有些有圈無點，有些有點無圈，有些則只錄詩歌，方式多樣。《大曆詩略箋注輯評》則為了電腦錄入方便，將原加圈字句，改為下加橫線；原加點字句，則一依其舊；評註，則以小字號夾入該評點之處。全詩總評，則以楷體排印，以示醒目。（見〈整理說明〉）茲舉劉長卿詩例如下：

> 秋日登吳公臺上寺遠眺寺即陳將吳明徹戰場
>
> 古臺搖落後，秋日望鄉心。野寺人來少，雲峰水隔深。夕陽依舊壘（戰場），寒磬滿空林。惆悵南朝事（注射陳將），長江獨至今。
>
> 空明蕭瑟，長慶諸公無此境地。（卷 1，頁 31）

該首詩評點完整，「夕陽依舊壘，寒磬滿空林」二句下加點，而「惆悵南朝事，長江獨至今」二句則圈起。此詩並有夾註「戰場」、「注射陳將」，言明該二句詩意內容。詩後附有總評，談及喬億對該詩的總體看法。從評註圈點中亦可見，喬億編選之用心。

在每位詩人選詩之後，喬億也有總結性的點評，如：

> 逋翁樂府歌行多奇興，擬之青蓮近似，但無逸氣耳。茲錄其稍平正可法者，卻高。（卷 6，頁 510）

> 戎昱、戴叔倫詩品既不高，體又不健，只以指事陳詞，婉切動人，不可謂非唐音之肉好者。（卷 6，頁 538）

喬億指出顧況（字逋翁，725～814）樂府多「奇興」與李白（701～762）相似，但無李白之氣逸；戎昱與戴叔倫（732～789）雖然詩品不高，體制不健，但「指事陳詞」能「婉切動人」，因此算是唐詩中的佳作。喬億之評論，大致說出詩家特色，勾勒出大曆詩壇的概貌。

從《大曆詩略》之編寫體例，可見喬億編選之用心，其一方面突出了大曆詩歌的整體面貌與各家特色，另一方面引導後學，以大曆詩歌作為初學門徑。

第三節　喬億對劉長卿詩歌章法、字句的分析

前文〈第二節〉已分析，喬億編著《大曆詩略》是為提供學詩之門徑。而劉長卿作為《大曆詩略》選詩最多之詩人，喬氏通過評註，詳細拆解了劉長卿詩歌中的章法與字句。

先就詩作的章法結構而論，喬億認為劉長卿〈送惠法師遊天臺因懷智大師故居〉一詩有章法，因此具體地解析了此詩，見：

> 翠屏瀑水知何在（天臺），鳥道猨啼過幾重（遊）。落日獨搖金策去（送法師），深山誰向石橋逢（又抱天臺，直呼末句）。定攀巖下叢生桂，欲買雲中若箇峰。憶想東林禪誦處（知大師故居），寂寥惟聽舊時鐘。（卷 1，頁 62）

於詩後又附總評：

> 起聯清拔，勢如湧出，第四句已注射知大師，而五、六不即寫故居，中曲徘徊，有步驟，有章法，極佳。（卷 1，頁 63）

括號中為喬億評語。據喬億所云，劉長卿此詩首聯清秀脫俗而又有氣勢，扣題中之「天臺」、「遊」。三、四句開始言送惠法師，並再次扣「天臺」。此外，第四句又與末句「寂寥惟聽舊時鐘」呼應，且道出法師後接寫大師故居，是符合邏輯的。但是劉長卿又插入五、六句「定攀巖下叢生桂，欲買雲中若箇峰」，描寫環境之清幽，令人嚮往。此舉

切斷讀詩節奏，而有「中曲徘徊」之妙。因此，喬億甚讚此詩「有步驟，有章法」，當為佳作。

喬億分析〈自夏口至鸚鵡洲夕望岳陽寄源中丞〉，道：

> 汀洲無浪復無煙（題首七字），楚客相思益渺然。漢口夕陽斜渡鳥（夕望），洞庭秋水遠連天。孤城背嶺寒吹角（岳陽），獨戍臨江夜泊船（回抱鸚鵡洲）。賈誼上書憂漢室（寄元），長沙謫去古今憐。（卷 1，頁 63）

從上可見，喬億仔細分析了每一詩句與詩題之關係，如「汀洲無浪復無煙」是寫題中「自夏口至鸚鵡洲」七字，接著為題中之「夕望」、「岳陽」、「寄源中丞」。與前首〈送惠法師遊天臺因懷智大師故居〉一致，劉長卿在該詩第六句又「回抱鸚鵡洲」，和首句相呼應。

至於〈尋南溪常山道人隱居〉，全詩為：

> 一路經行處，莓苔見履痕。白雲依靜渚，春草閉閒門。過雨看松色，隨山到水源。溪花與禪意，相對亦忘言。（卷 1，頁 39）

喬億總評此詩：

> 一片清機。起言自見經行履跡，則一路無人蹤也。三、四寫南溪隱居而道人之風標在望，五、六抱首句，結處拈花微喻不沾身，說法尤超。（卷 1，頁 39）

從喬億評語中可知，該詩與上首〈自夏口至鸚鵡洲夕望岳陽寄源中丞〉，有相同之處，如「五、六抱首句」。其餘則按既有之順序，先寫經行履跡而明道人隱居，結句「溪花與禪意，相對亦忘言」進一步闡釋道人「風標在望」。歸納這三首詩可以發現，劉長卿主要通過轉換詩中第五、六句的視角，打破固有的邏輯次序，而使全詩兼具徘徊之妙。

至若字句之分析，〈送盧侍御赴河北〉後兩聯：

> 江天渺渺鴻初去，漳水悠悠草欲生。莫學仲連逃海上，田單空愧取聊城。（卷 1，頁 42）

喬億評此二聯：「亦用意作結，五、六是謫居為別處。」（卷 1，頁 42）「江天」、「漳水」二句表明了謫居相別的地點，而結句「莫學」、「田單」則是勸誡之意。可見，該詩評語主要從詩句含義出發。又如評〈王昭君歌〉：

> 自矜嬌豔色，不顧丹青人。那知粉繪能相負，卻使容華翻誤身（跌宕有情）。上馬辭君嫁驕虜，玉顏對人啼不語。北風雁急浮雲秋，萬里獨見黃河流。纖腰不復漢宮寵（情事微隔），雙蛾長向胡天愁。琵琶弦中苦調多，蕭蕭羌笛聲相和。誰憐一曲傳樂府，能使千秋傷綺羅（收得足，放得遠）。（卷1，頁14）

以上評論則從詩句表達效果的角度，細膩地傳達了王昭君（B.C.51～B.C.15）和親的苦悶幽怨之情。結語更是含蓄不盡，使人低徊想像。雖然此二首詩的評語各有側重點，但是筆者通讀《大曆詩略》後發現，喬億對劉長卿詩句的評註，主要圍繞在詩題上，茲整理成表2。

表2　喬億《大曆詩略》針對劉長卿詩題之句解

詩　題	詩　句	句　解
銅雀臺（卷1，頁13）	碧雲日暮空徘徊	切臺
	宮中歌舞已浮雲	又抱「臺」字
奉使至申州傷經陷沒（卷1，頁26）	老將守孤城	是經陷沒
	獨憐溮水上	申州
秋日登吳公臺上寺遠眺寺即陳將吳明徹戰場（卷1，頁31）	夕陽依舊壘	戰場
	惆悵南朝事	注射陳將
長沙過賈誼宅（卷1，頁56）	寂寂江山搖落處	抱「宅」字
送王端公入秦赴上都（卷1，頁41）	客過二陵稀	赴上都
	行當蒙顧問	入秦
青溪口送人歸岳州（卷1，頁47）	江菼蒼蒼客去稀	岳州起
	黃花裛露開沙岸	青溪口
登餘干古縣城（卷1，頁58）	孤城上與白雲齊	「上」讀上聲，登也
	官舍已空秋草綠	古縣

	女牆猶在夜烏啼	抱「城」字，不脫「古」字
	沙鳥不知陵谷變	收「古」字
	朝飛暮去弋陽溪	切餘干
和袁郎中破賊後軍行過剡中山水謹上太尉（卷1，頁69）	遠峰來馬首	軍行過剡中
	已聞開閣待	太尉
	誰許臥東溪	謂袁
送從兄罷官之淮南（卷1，頁76）	元戎棄鏌鋣	罷官
	萬艘江縣郭	淮南
	揮袂看朱紱	罷官
	揚帆指白沙	淮南
初貶南巴至鄱陽題李嘉祐江亭（卷1，頁77～78）	地遠明君棄，天高酷吏欺	巴南貶
	流落還相見，悲歡話所思	至鄱陽接李
	柳色迎高塢	以下江亭
	白首看長劍，滄洲寄釣絲	二句言李屈北圖為鄱陽令
	沙鷗驚小吏，湖月上高枝	小吏，自謂貶巴南尉也

以〈登餘干古縣城〉為例，喬億評該詩時自謂「句解煩碎」。從表2所錄可發現，喬億之句解均是點出該詩句切合詩題所在。為此，更是細緻到「上」的讀音。無怪乎喬億在詩後總評：「為教初學看題，不得一字放過也。詩要字字讀，遺山豈欺予哉！」（卷1，頁58）喬氏明確指出此是為教初學看題，因此對詩句進行詳細的分析。換言之，作詩當扣合詩題，以盡題中之意。

再如〈初貶南巴至鄱陽題李嘉祐江亭〉一詩，此詩評註又詳盡地指出了詩句緊緊圍繞著詩題，如「地遠明君棄，天高酷吏欺」是言題中之貶南巴，而「流落還相見，悲歡話所思」即為題中至鄱陽見李嘉祐（～748～）之意。喬億更是特別強調「小吏」的含義，是在表明題中之貶巴南尉，可謂是不厭其詳。

綜合表2而言，喬億不斷點明劉長卿詩句中扣合詩題的部分，亦證明其句解瑣碎，是為了教導初學者如何掌握題旨。

在分析詩句之餘，喬億還稱讚劉長卿之開端，其謂：

並起句用字無跡。(〈長沙過賈誼宅〉，卷 1，頁 56)

開門見山，李從一、皇甫茂政發端皆不及。(〈和袁郎中破賊後軍行過剡中山水謹上太尉〉，卷 1，頁 69)

喬億認為〈長沙過賈誼宅〉起句「三年謫宦此棲遲，萬古惟留楚客悲」，毫無痕跡地用賈誼謫居長沙三年，來表明劉長卿自身之遷謫；而第二首詩首句「剡路除荊棘」，喬億以為「直從破賊後起」(卷 1，頁 69)，有開門見山之妙，認為李嘉祐（字從一）、皇甫冉（字茂政，716～769）均比不上劉長卿此詩發端。

不可諱言的是，喬億對劉長卿詩亦有批評，如論〈送丘為赴上都〉：

兩「空」字隔句不遠，皆在第三，雖虛實異用，終有聲病，擬將前「空」字改為「方」字，如何？（卷 1，頁 10）

按喬氏所語，「歧路空垂泣」、「獨向空塘立」兩句中「空」字，都在該句第三字的位置，雖然一虛一實，但是終究重字，並給予建議，可將前「空」字改為「方」字。又評〈送行軍張司馬罷使回〉：

三、四自佳，而高仲武亟稱後半，余以為「春風」、「古木」、「明月」、「歸雲」並用，終犯平頭。(卷 1，頁 38)

全詩是：

時危身赴敵，事往任浮沈。萬里三江去，當時百戰心。
春風吳苑綠，古木剡山深。千里滄波上，孤舟不可尋。
（卷 1，頁 38）

高仲武《中興間氣集》曾選錄劉詩〈送張繼司直適越〉，全詩如下：

時危身適越，事往任浮沈。萬里江山去，孤舟百戰心。
春風吳渚綠，古木剡山深。明月滄州路，歸雲不可尋。
〔註 7〕

高氏《中興間氣集》並未評論此詩，但宋人計有功曾記載高氏論該詩

〔註 7〕唐・高仲武著：《中興間氣集》，任繼愈、傅璇琮總主編：《文津閣四庫全書》第 445 冊（北京：商務印書館，2005 年），卷下，頁 8b。

後半：「裁長補短，蓋王徽之類歟。」〔註8〕再，比對二詩，詩題含義類似。前三聯除個別字詞外，幾乎相同；差別較大者，正在最後一聯。由此可見，喬億所謂「高仲武亟稱後半」者，應是指高氏所選〈送張繼司直適越〉一詩。分析高氏所錄之詩，該詩後半前三句皆為 2-2-1 的句式，且「春風」、「古木」、「明月」、「歸雲」等均為描述自然景物的名詞。因此，該詩句式結構與詞性重複，有平頭之病，而喬億所選則無此詩病。

第四節 喬億對劉長卿詩歌風格的詮釋

第二章中已提到，劉長卿因身處盛、中唐之間，而有盛唐遺響，因此其詩表現出盛、中兼具的特色，試舉兩例如下：

> 元氣相結合，太陽生其中。豁然萬里餘，獨為百川雄。白波走雷電，黑霧藏魚龍（下句尤勝）……花間午時梵，雲外春山鐘（忽復幽秀）。誰念遽成別，自憐歸所從。他時相憶處，惆悵西南峯。（〈登東海龍興寺高頂望海簡演公〉，卷 1，頁 8）

此詩「元氣」、「豁然」等句境界十分闊大，而「白波」、「黑霧」二句又給人以雷霆萬鈞之感，此部分可謂有盛唐之風。但是該詩的後半部分，正如喬億所言「忽復幽秀」，從雄偉氣魄變成了幽雅秀麗之姿，結語更是自憐自艾，陷入惆悵之中。再如〈長沙過賈誼宅〉：

> 三年謫宦此棲遲，萬古惟留楚客悲。秋草獨尋人去後，寒林空見日斜時。漢文有道恩猶薄，湘水無情弔豈知。寂寂江山搖落處，憐君何事到天涯。（卷 1，頁 56）

該詩總評：

> 極沈摯，以淡緩出之，結乃深悲，反咎之也。讀此詩須得其言外自傷意，苟非遷客，何以低徊至此。（〈長沙過賈誼宅〉，卷 1，頁 56）

〈長沙過賈誼宅〉與前首〈登東海龍興寺高頂望海簡演公〉亦有相似

〔註8〕宋‧計有功：《唐詩紀事》，收入《景印文淵閣四庫全書》第 1479 冊（臺北：臺灣商務印書館，1983 年），卷 26，頁 13a。

之處。明人邢昉（1590～1653）謂此詩：「深悲極怨，乃復妍秀溫和。」〔註9〕前言「萬古惟留楚客悲」動人心魄，然便轉入「秋草獨尋人去後，寒林空見日斜時」，變成「妍秀溫和」，亦是喬億所謂「以淡緩出之」，結句又落入「憐君」之中。結合喬億所論，「憐君」更多是劉長卿自憐之意。可見，劉長卿無法跳脫出自身低回徘徊的心緒，同時追求詩句之秀麗，表現出中唐的特色。但另一方面，在其詩作中，又能展現出盛唐風度。以下就這兩部分，展開具體討論。

一、劉詩尚具盛唐之概，但不如盛唐渾厚

喬億曾論劉長卿詩〈北歸次秋浦界清溪館〉：「風格蒼然。」（卷1，頁30）該詩「萬里」、「雁過」兩聯營造出一種蒼茫大地的氛圍。但據筆者考察喬億的評語，劉長卿詩歌中透露出的盛唐詩風，主要還是在其詩作沈雄有力，而非風格蒼然，茲舉幾例如下：

> 東川七律精到，此作亦沈細可思。（〈秋夜北山精舍觀體如師梵〉，卷1，頁17）
>
> 句句沈著，「白日寒」三字寫爾時幽州景象，乃竟為千古名言。（〈穆林關北逢人歸漁陽〉，卷1，頁26）
>
> 評「晚暮相依分」：句有力。（〈酬張夏雪夜赴州訪別途中苦寒作〉，卷1，頁18）
>
> 清壯激昂而意自渾渾。（〈送李中丞之襄州〉，卷1，頁25）

第一首詩雖為五律，但喬億將其與李頎七律相提並論，言此詩既厚重又細密。第二首詩類似，句句沈穩著實，「楚國蒼山古，幽州白日寒」更是成為千古名言，鍾惺（1574～1625）評其：「壯語。」〔註10〕邢昉亦云：「高調。」〔註11〕至於第三、四首詩評，則可見劉長卿尚有風格豪邁之詩，詩句強而有力，激越昂揚。

〔註9〕明．邢昉：《唐風定》（1934年刻本，上海圖書館藏），卷17，頁3a。

〔註10〕明．鍾惺，明．譚元春：《唐詩歸》，收入《續修四庫全書》第1589冊（上海：上海古籍出版社，2002年），卷25，頁6a。

〔註11〕明．邢昉：《唐風定》，卷14，頁1a。

此外，喬億論〈送耿拾遺歸上都〉：「結體清健，五、六尤警策。」（卷 1，頁 48）全詩見：

> 若為天畔獨歸秦，對水看山欲暮春。窮海別離無限路，隔河征戰幾歸人。長安萬里傳雙淚，建德千峰寄一身。想到郵亭愁駐馬，不堪西望見風塵。（卷 1，頁 48）

按喬氏所言，結句清明剛勁，五、六亦沈重有餘。但觀此詩第三句，「窮海別離無限路」，氣直往下，最終收束於「隔河征戰幾歸人」。對比盛唐詩人王翰「醉臥沙場君莫笑，古來征戰幾人回」之豪氣奔放，可謂是氣象迥異。

劉長卿〈送李錄事兄歸襄陽〉詩，比上詩氣格更弱。喬億評其：「三、四情事黯然。」（卷 1，頁 53）全詩為：

> 十年多難與君同，幾處移家逐轉蓬。白首相逢征戰後，青春已過亂離中。行人杳杳看西月，歸馬蕭蕭向北風。漢水楚雲千萬里，天涯此別恨無窮。（卷 1，頁 53）

「歸馬」、「漢水」等句尚有蕭颯之氣。征戰後白首相逢，本也沈厚，然而劉長卿卻緊接「青春已過亂離中」，催人淚下，令人心神沮喪。劉長卿詩集中，相似句如：「壯志已憐成白首，餘生猶待發青春。」（《劉隨州集》，卷 9，頁 7b）壯志未已，憐己白首，雖然其云「猶待發青春」，但卻給人一種有心無力之感。

除上述之外，喬億評論〈獻淮寧節度使李相公〉「頷聯為文房激壯之句。」（卷 1，頁 49）全詩如下：

> 建牙吹角不聞喧，三十登壇眾所尊。家散萬金酬士死，身留一劍答君恩。漁陽老將多迴席，魯國諸生半在門。白馬翩翩春草細，郊原西去獵平原。（卷 1，頁 49）

不僅是喬億，該詩歷來引起了諸多詩論家的評說，茲舉數例如下：

> 鍾惺評：二語有本領，不是一味豪壯。〔註 12〕

〔註 12〕明．鍾惺，明．譚元春：《唐詩歸》，收入《續修四庫全書》第 1589 冊，卷 25，頁 9b。

方回引何焯評：全篇極寫失勢無聊之狀，讀者但見其壯麗也。落句了不覺為敗興語。〔註 13〕

邢昉：聯語氣岸，乃去王、李遠矣。唯結語酷似。〔註 14〕

毛先舒：「家散萬金酬士死，身留一劍答君恩」，王元美稱其壯語，然氣盡句中，未為佳調。〔註 15〕

該詩頷聯「家散萬金」與「身留一劍」相對，「酬士死」與「答君恩」相應，塑造了一個既忠於皇帝又體恤部下的理想將軍形象，而且將軍破釜沈舟、視死如歸的氣概，讀來十分雄壯激昂。因此，上述引文中，喬億、鍾惺以及何焯（1661～1722）等人稱此詩為「壯語」。但也有不同看法者，如邢昉認為聯語的氣概雖不及王昌齡（698～757）與李白，然而結句「白馬翩翩春草細，郊原西去獵平原」有王、李之風。又如毛先舒（1620～1688）不同意王世貞（字元美，1526～1590）所言，認為該句「氣盡句中」。是故，筆者以為此詩有其豪壯的一面，但因劉長卿極寫「失勢」，而致全詩氣洩。

再如劉長卿〈松江獨宿〉云：「明月天涯夜，青山江上秋。」（《劉隨州集》，卷 3，5b）相較於李白之「山隨平野盡，江入大荒流」，杜甫之「星垂平野闊，月涌大江流」，雖然都運用「月」、「山」、「江」等意象，但李、杜二人詩中有「入」、「垂」、「涌」等動詞做支撐，而顯得氣象雄闊，反觀劉詩則只是意象的堆疊。另外，劉詩〈夕次檐石湖夢洛陽親故〉亦是如此：「萬里雲海空，孤帆向何處」（《劉隨州集》，卷 6，2b）雲海萬里，境界闊大，但是整句詩卻顯得力度不足。誠如清人毛奇齡（1623～1716）引張南士（？～？）所云：

讀詩至上元、寶應後，頓覺衰減，如長安貴戚車如流水、馬如遊龍之後，一旦改換門第，人物情色皆非舊時。惟隨州尚

〔註 13〕元．方回選評，李慶甲集評校點：《瀛奎律髓彙評》下冊（上海：上海古籍出版社，2008 年），卷 30，頁 1334。

〔註 14〕明．邢昉：《唐風定》，卷 17，頁 3b。

〔註 15〕清．毛先舒：《詩辯坻》，郭紹虞編選，富壽蓀校點：《清詩話續編》，卷 3，頁 55。

具少陵遺響，然亦蕭蕭矣。〔註16〕

依據毛奇齡所引，詩歌從盛唐轉入中唐後，「頓覺衰減」，面目各異。其間，劉長卿雖然尚有杜甫（712～770）遺風，但是風韻不如杜甫般雄厚，已顯得稀疏零落。

喬億有云：「（隨州）氣象骨力，降開寶諸公一等。」〔註17〕綜上可見，劉長卿詩尚具盛唐之概，但不如盛唐之渾厚。

二、劉詩有中唐之風

喬億總評劉長卿，曰：「文房詩為大曆前茅，清夷閒曠，饒有怨思。」（卷1，頁87）體現出喬億對劉長卿詩歌風格的總體認識，下述以具體詩作展開分析。

劉長卿好於詩中反覆吟詠一事，如〈負謫後登干越亭作〉：

> 天南愁望絕，亭上柳條新。落日獨歸鳥，孤舟何處人。生涯投越徼，世業陷胡塵。杳杳鍾陵暮，悠悠鄱水春。秦臺悲白首，楚澤怨青蘋。草色迷征路，鶯聲傷逐臣。獨醒空取笑，直道不容身。得罪風霜苦，全生天地仁。青山數行淚，滄海一窮鱗。牢落機心盡，惟憐鷗鳥親。（卷1，頁71）

喬億論該詩：「十韻中聲淚俱下，文房詩之深悲極怨，無踰於此者，真絕唱也。」（卷1，頁71）該詩中不斷出現「愁望絕」、「悲白首」、「不容身」等詞，故而喬億謂其「聲淚俱下」。正如方回（1227～1305）評此詩所言：

> 長卿詩謂之「五言長城」，世稱劉隨州，然不及老杜處，以時有偏枯。〔註18〕

〔註16〕清．毛奇齡論定，清．王錫等輯：《唐七律選》，暨南大學圖書館編：《中國古籍珍本叢刊》第28冊（北京：國家圖書館出版社，2018年），卷3，頁1b。

〔註17〕清．喬億：《劍谿說詩》，郭紹虞編選，富壽蓀校點：《清詩話續編》，卷下，頁1094。

〔註18〕元．方回選評，李慶甲集評校點：《瀛奎律髓彙評》下冊，卷43，頁1542。

明末馮舒（1593～1649）亦云：

器局思路，事事不如老杜，時代使然。〔註 19〕

劉長卿此詩的用詞，正體現出其「偏枯」的一面，才識氣度更是不如杜甫。可見劉長卿貶謫之悲怨極深，已非前文所言之深沈。

另外，再如喬億選錄之〈逢郴州使因寄鄭協律〉：

相思楚天外，夢寐楚猿吟。更落淮南葉，難為江上心。
衡陽問人遠，湘水向君深。欲逐孤帆去，茫茫何處尋。
（卷 1，頁 24）

〈餞別王十一南遊〉：

望君煙水闊，揮手淚沾巾。飛鳥沒何處，青山空向人。
長江一帆遠，落日五湖春。誰見汀洲上，相思愁白蘋。
（卷 1，頁 40）

喬億評第一首詩：「三、四於沒緊要處低徊，愈見情深。」（卷 1，頁 24）喬億認為劉長卿在「沒緊要處低徊」是其情深之體現，但從側面亦表明劉長卿在該詩中不斷地表達自己之「相思」。清人王壽昌（1864～1926）更是借此詩而言「瘦」之含義，〔註 20〕即詩作表達內容單薄。第二首詩也是如此，「望君」、「揮手」、「青山」、「長江」等，字字句句都在表達「相思愁白蘋」，而無出其外。

除上述以外，劉長卿亦有淡緩之語，如喬億評以下諸詩：

「已是洞庭人，猶看灞陵月」：淡緩語，極酸楚。（〈初至洞庭懷霸陵別業〉，卷 1，頁 4）

不必沈至，盡題之精義而結體疏淡，令人把玩不置。（〈銅雀臺〉，卷 1，頁 13）

〔註 19〕筆者未得見馮舒原典，故轉引自元·方回選評，李慶甲集評校點：《瀛奎律髓彙評》下冊，卷 43，頁 1542。

〔註 20〕原句為：「何謂瘦？曰：如劉隨州之『相思楚天外，夢寐楚猿吟。更落淮南葉，難為江上心。衡陽問人遠，湘水向君深。欲逐孤帆去，茫茫何處尋』是也。」見清·王壽昌：《小清華園詩談》，郭紹虞編選，富壽蓀校點：《清詩話續編》，卷上，頁 1879。

文房古體概乏氣骨，就中歌行情調極佳，然無復崔顥、王昌齡古致矣。（〈王昭君歌〉，卷 1，頁 14）

以上三首均有疏淡的特色，參考賀裳所語，此「俱非盛唐後語言。」〔註 21〕無怪乎俞陛雲（1868～1950）曰：「盛唐之詩人懷古，多沈雄之作，至隨州而秀雅生姿，殆風會所趨耶？」〔註 22〕劉長卿懷古詩已與盛唐詩大不相同，從沈雄而變秀雅。從喬億所評來看，其亦認識到劉長卿古體缺乏氣骨，已無盛唐詩人崔顥（？～754）、王昌齡二人的韻味，詩語淡緩，而非沈厚深切。

劉長卿不僅古體詩缺乏氣骨，其近體詩亦有此特色，喬億評語指出：

文房五言皆意境好，不費氣力，此尤以不見用意為長。（〈碧澗別墅喜皇甫侍御相訪〉，卷 1，頁 16）

空明蕭瑟，長慶諸公無此境地。（〈秋日登吳公臺上寺遠眺寺即陳將吳明徹戰場〉，卷 1，頁 31）

「不才甘謫去，流水亦何之」：淒淡。（〈初貶南巴至鄱陽題李嘉祐江亭〉，卷 1，頁 77）

從上述三則引文可見，劉長卿近體詩不費氣力而使意境空明，蕭瑟而顯淒淡。

另外，喬億亦探討過劉長卿是否屬商聲，其云：「前人謂……劉文房商聲，余深不然之。蓋商調高響切雲，非重有力莫致也。文房淒清而不勁，烏足以擬之？」〔註 23〕喬億認為商聲的特色是「高響入雲」，即聲音響亮，如秋風般蕭颯。而劉長卿的詩作淒清有餘而力不勁，是故喬億並不認可劉長卿詩為商聲。

此外，劉長卿詩中極具中唐特色之處，便是工秀。此例諸多，茲舉喬億所評如下：

〔註 21〕清．賀裳：《載酒園詩話又編》，郭紹虞編選，富壽蓀校點：《清詩話續編》，頁 331。

〔註 22〕俞陛雲：《詩境淺說》（北京：中華書局，2010 年），丙編，頁 61。

〔註 23〕清．喬億：《劍谿說詩》，郭紹虞編選，富壽蓀校點：《清詩話續編》，又編，頁 1127。

> 三、四佳，上句尤警策。(〈新年作〉，卷 1，頁 15)
>
> 三、四語極平易，而意致沉沉，此無意之意也，索解人正難。(〈雨中過員稷巴陵山居贈別〉，卷 1，頁 24)
>
> 腹聯極用意，卻看似不用意，與有深分人作別，實有此況味。(〈送皇甫曾赴上都〉，卷 1，頁 53)
>
> 「楓林」句已佳，下句更隱秀，言陽氣亂發，冬不固藏，炎方不可久居也。(〈入桂渚次砂牛石穴〉，卷 1，頁 13)
>
> 亦復淒麗，三、四精巧自然。(〈九日題蔡國公主樓〉，卷 1，頁 70)

以上五則評語可見，喬億已注意到劉長卿詩歌工秀的特色。〈新年作〉「老至居人下，春歸在客先」所佳者，正在於費無限思索而以心思勝；〈雨中過員稷巴陵山居贈別〉「積雨悲幽獨，長江對別離」，看似只是尋常語，然而卻難索解，在於其句式難解，長江如何對別離，此正是劉長卿刻意雕刻處；又如〈送皇甫曾赴上都〉「離心日遠如流水，回首川長共落暉」，與友人之離別濃縮於流水之中，而與友人之不捨展現於落暉之下；而〈入桂渚次砂牛石穴〉之「楓林月出猿聲苦，桂渚天寒桂花吐」，與〈九日題蔡國公主樓〉之「水餘龍鏡色，雲罷鳳簫音」，皆屬精巧自然之句，巧妙地表達出「冬不固藏」和「物是人非」之意。

劉長卿詩歌工秀的特色，喬億之前已早有評論，如：

> 元人方回評〈酬皇甫侍御見寄時前相國姑臧公初臨郡〉：第五句不涉風物，未嘗不新。〔註 24〕
>
> 明人鍾惺論「香隨青靄散，鍾過白雲來」：秀極。〔註 25〕
>
> 明人邢昉言〈自夏口至鸚鵡洲夕望岳陽寄源中丞〉：刻而秀。〔註 26〕

〔註 24〕元・方回選評，李慶甲集評校點：《瀛奎律髓彙評》下冊，卷 42，頁 1490。

〔註 25〕明・鍾惺，明・譚元春：《唐詩歸》，收入《續修四庫全書》第 1589 冊，卷 25，頁 12a。

〔註 26〕明・邢昉：《唐風定》，卷 17，頁 4a。

> 清人賀裳談〈送孫沅歸〉:「憐君不得已，步步別離難。」「步步」兩字，亦極弄姿也。〔註27〕

〈酬皇甫侍御見寄〉前四句皆涉自然風景，如「黃葉」、「水雲」等，至第五句突然不涉風物，因此方回認為此甚為新穎，是劉長卿刻畫之映證。鍾惺與邢昉均以「秀」品評劉詩；邢昉又直言劉詩之「刻」，與賀裳所云之「弄姿」，表達內容相同，都是人為刻意、雕鏤之作。

誠如明人楊士奇（1365～1444）謂劉長卿：「其詩清婉有思致，然數遭廢黜，故多憂窮沈鬱之意。」〔註28〕綜合而談，劉長卿因兩度被貶而愁悶難解，詩中不住詠嘆。但是其詩亦有清婉空明之處，並於詩中又見雕琢工秀。

第五節 劉長卿「體氣開大曆之先」的原因探討

在釐清劉長卿的詩風兼具盛、中唐的特色後，本節將先討論大曆其餘詩人之詩風，再藉此而探究劉長卿「體氣開大曆之先」的原因。清代四庫館臣曾曰：

> 大曆以還，詩格初變，開寶渾厚之氣，漸遠漸漓，風調相高，稍趨浮響。〔註29〕

四庫館臣認為大曆詩歌漸遠盛唐渾厚的風格，今人的研究結果也多呼應此說，如郝潤華云：「大曆詩的風格特點是清空疏秀、語言雅致洗練，就像喬億所總結的『格韻高』、『語清省』。」〔註30〕蔣寅指出，大曆詩人群在審美趣味上，由崇尚漢魏風骨、欣賞剛健爽勁的詩風，轉向推尊六朝清麗纖秀、清空閒雅的詩風，由陽剛豪邁之美轉向陰柔

〔註27〕清・賀裳：《載酒園詩話又編》，郭紹虞編選，富壽蓀校點：《清詩話續編》，頁331。

〔註28〕明・楊士奇：〈劉文房詩〉，《東里文集》（萬曆戊午刊本，哈佛大學燕京圖書館藏），卷10，頁21b～22a。

〔註29〕清・永瑢，清・紀昀等撰：《武英殿本四庫全書總目提要》第5冊（臺北：臺灣商務印書館，1983年），卷150，頁5b。

〔註30〕郝潤華：〈喬億及其《大曆詩略》〉，《文獻》1996年第2期（1996年4月），頁52。

幽雋之趣，注重寫實，工於形似之言；〔註31〕無論是蔣寅所言清新婉麗、工於形似，還是郝潤華所云「雅致洗練」，均非樸實雄厚的特色。另，蔣寅還點明大曆詩歌在體式上較重視近體，創作最好的是五律，其次是七律、五絕，七絕也有些出色的作品，樂府和古體詩較一般。〔註32〕葛曉音也說：「與崇尚古體的詩人相比較，多數大曆詩人還是傾向於選擇近體。錢、劉其實並不專攻五七言律，各類詩體都有佳作，但是當時的大曆十才子和活躍在江南的一批詩人，近體風格大多與錢、劉相似，只是數量不及二人。」〔註33〕綜上，大曆詩歌一方面呈現出清麗閒雅的特色，另一方面則側重於近體詩的創作，尤其是五、七言律詩。

喬億《大曆詩略》所呈現出的大曆詩風，大致與上述對大曆的討論相同，但其進一步指出了各家面目，如：

> 仲文詩如蕊珠春色，精麗絕塵，右丞以後，一人而已。（卷2，頁159）
>
> 君胄諸詩意境閒逸，大曆高品，盧、韓、司空輩為稍遜之。（卷3，頁211）
>
> 李司馬正己思致彌清，徑陌迥別，品第在盧允言、司空文明之上。（卷4，頁349）
>
> 李從一詩遜錢、郎氣韻，而情采音格居然妙品。（卷5，頁393）
>
> 補闕詩五言之善者猶夷綽約，有何仲言之音韻，特歌行體弱耳，律詩當與李從一比肩，精警或不足而閒淡過之矣。（卷5，頁442）
>
> 崔補闕詩，結體疏澹，似不欲鍛鍊為功，品第當在韓君平之上，而才調則遜之。（卷3，頁279）

〔註31〕蔣寅：《大曆詩風》（上海：上海古籍出版社，1992年），頁237。

〔註32〕蔣寅：《大曆詩風》，頁237。

〔註33〕葛曉音：〈「意象雷同」和「語出獨造」——從「錢、劉」看大曆五律守正和漸變的路向〉，《清華學報》新45卷第1期（2015年3月），頁74。

耿拾遺詩，意境稍平，音響漸細，而說情透漏，尚不減盧允言諸子。（卷4，頁366）

喬億談錢起詩歌的特色在於精美華麗，王維（692～761）之後更是只有錢起一人；論及郎士元則是從意境而談，十分閒逸；而李端（743～782）則是思致彌清，李嘉祐氣韻又遜於錢、郎二人；皇甫冉詩柔媚婉約，十分閒淡而不擅於古詩；崔峒詩亦是疏澹，而耿湋意境平平，音調纖小。喬億自云：「大曆諸子詩，相似處如出一手，及細玩之，自有各家面目在。」〔註34〕以上諸位大曆詩人雖然各有特色，但總體來看，與喬億評價劉長卿之「清夷閒曠」亦有相似處，正是「相似處如出一手。」綜合上述引文，喬億認為大曆詩歌的共通處正在於清空疏秀，意境閒逸，而非如盛唐般音調高昂，氣象恢宏。

以具體詩作為例，喬億借皇甫冉〈秋夜寄所思〉而道出大曆本色，其云：

此悼亡友因寄所思之作，前半風格不減襄陽、供奉，五、六自是大曆諸家本色。（卷5，頁409）

全詩如下：

寂寞坐遙夜，清風何處來。天高散騎省，月冷建章臺。
鄰笛哀聲急，城砧朔氣催。芙蓉已委絕，誰復可為媒。
（卷5，頁409）

按喬億所語，皇甫冉此詩前半不減李白與孟浩然（689～740），但是「鄰笛哀聲急，城砧朔氣催」二句才是大曆本色，從前句「天高」變為「哀聲」，寒氣催人，毫無進取之意，只有衰亡之感。

除上詩之外，喬億又評：

邊塞詩多壯語，此獨出之閒淡，覺後來壯語皆在下風，韻調亦小變。（郎士元〈塞下曲〉，卷3，頁189）

此弔張中丞巡也，不必感憤如韋公，而意自淒清。（李端〈過宋州〉，卷4，頁336）

〔註34〕清．喬億：《劍谿說詩》，郭紹虞編選，富壽蓀校點：《清詩話續編》，又編，頁1127。

起結俱乏風調。（李端〈夜投豐德寺謁海上人〉，卷 4，頁 344）

三、四激昂，結處只平平寫景。（李嘉祐〈送從弟歸河朔〉，卷 5，頁 377）

據喬億之言，邊塞詩原多豪壯之語，郎士元此詩轉為「蕭條夜靜邊風吹，獨倚營門望秋月」的閒淡，與盛唐邊塞詩大不相同；李端〈過宋州〉雖道「世亂忠臣死」，但「荒郊」、「故壘」二句用詞淺淡，毫無憤激之情，反倒多了一筆淒涼；〈夜投豐德寺謁海上人〉與李嘉祐〈送從弟歸河朔〉亦缺乏格調，尤其是後一首，無法延續前半的激昂，最終落入「秋日」、「蟲鳴」的平平之景。

另外，錢起〈送征雁〉詩起句十分有力，然結句又顯強弩之末，全詩見：

秋空萬里淨，嘹唳獨南征。風急翻霜冷，雲開見月驚。
塞長怯去翼，影滅有餘聲。悵望遙天外，鄉愁滿目生。
（卷 2，頁 123）

喬億評此詩：

起句固佳，然鶴亦可用，不比少陵「素練風霜起」，非畫鷹不稱也。（卷 2，頁 123）

該詩「秋空」、「嘹唳」二句，在大曆諸詩中已算強勁之語。但細讀之，正如喬億所言「然鶴亦可用」，杜甫「素練風霜起」方能展現出鷹獨特的颯爽英姿，說明錢起此句尚差幾分力道。更能彰顯出大曆特色的是結語，無論是「悵望」，還是「鄉愁」，不僅不能接續上文之氣勢，反倒是一洩而盡。

除上文所述，大曆諸子氣象不如盛唐雄厚，與劉長卿相同，在追求詩句的雕琢與工秀上，也與劉長卿有共通之處。如喬億評錢起：

「刷歸翼」三字，亦鍛琢新。（〈送包何東遊〉，卷 2，頁 105）

刻畫不傷氣韻。（〈裴迪書齋玩月〉，卷 2，頁 126）

入手注意在歸藍田，承接卻書寫懷抱，以自明其卑棲得性也。直至第五方入題，亦字字洗發，較右丞贈別之作，意密

而態新，居要全在領聯。(〈晚歸藍田酬王維給事贈別〉，卷2，頁127)

余兩至上海，親歷此腹聯景象，益嘆其工。(〈晚入宣城界〉，卷2，頁129)

五、六秀絕，結亦工於著色。(〈題玉山村叟屋壁〉，卷2，頁145)

上述引文中，前三首均在鍛琢，尤其是第三首，「態新」正如喬億所分析，「直至第五方入題」，前先言歸藍田，再書寫懷抱，都與贈別無關。而「意密」不僅是指此詩中表達了多層含義，更是指詩中運用了多種意象，如「白雲」、「暮禽」、「山月」等。後兩首則在工秀，〈晚入宣城界〉腹聯為「海氣蒸雲黑，潮聲隔雨深」，將海上之景刻畫得惟妙惟肖；〈題玉山村叟屋壁〉之「一徑入溪色，數家連竹陰」描寫十分清秀，而結語亦用了「黃」、「紫」等顏色字。綜合而論，錢起詩「如蕊珠春色」，清麗纖秀，語言上尋求形似，甚為雕琢刻畫。

此外，喬億評李端〈過谷口元贊善所居〉：

「故交一不見，素髮何稠疊」：著意字眼。

總評：鍛琢清新而意境自遠。(卷4，頁330)

論皇甫冉〈歸渡洛水〉：

「赴春愁」，言人已愁，又來「瞑色」以助之，浩無津涯矣，如作「起春愁」，則是人本無愁，只因「瞑色」而愁耳，二字大相徑庭。(卷5，頁414)

按喬億所言，李端該句在字眼上用心，用「一」字體現了素髮生長速度之快，究其原因，是不見舊友之故。用虛字來巧妙地表達思念故交，喬億因而評其「鍛琢清新」。皇甫冉此詩，喬億已分析透徹，「赴」字道出人之愁緒在暮色中蔓延，更顯無邊無際，較「起」字更勝一籌。

對於工妙的看法，清人王闓運（1833～1916）有云：

工妙便是小派。與杜詩對看，杜不如劉佳句之多也。唐詩至此，方講錘煉，所謂四十賢人，無一人屑沾。〔註35〕

〔註35〕清．王闓運選批：《王闓運手批唐詩選》(上海：上海古籍出版社，

王闓運認為杜甫佳句不如劉長卿多，這是因為杜甫雖有「紅綻雨肥梅」、「晨鐘雲外濕」等煉字之句，但總體而言，大部分詩歌還是渾然一體的。誠如葛曉音所言：「自劉長卿及大曆五律始，境界逐漸縮小到眼前和人我之間，便不得不用獨造之句使常見意象產生回味和餘思。」〔註36〕唐五律至劉長卿，開始反復琢磨，而有了「語出獨造」的特點。葛曉音在研究中亦指出：「大曆之前大多數五律構句的語法關係還是平順的。」而大曆五律「『語出獨造』指其煉字構句多有獨創，主要原理是突破了五言詩字、詞組合的傳統習慣乃至正常語法順序。」〔註37〕例如劉長卿「鳥似五湖人」、「春歸在客先」，戴叔倫「山川何處來」，李嘉祐「千峯不閉門」等。

綜上，劉長卿與大曆詩人在詩歌氣象風格、詩句鍛琢煉新上，都有共同之處。唯一不同的是，劉長卿詩歌尚具盛唐之概，因此喬億稱其「體氣開大曆之先」。然則錢起與劉長卿並稱，喬億亦自言：

> 王、孟，金石之音也。錢、劉，絲竹之音也。韋如古雅琴，其音澹泊。高、岑，則革木之音。〔註38〕

喬億以音樂比詩家，認為王維、孟浩然是金石之音，聲調鏗鏘，而錢起與劉長卿則是絲竹之音，如涓涓細流，韋應物（737～792）澹泊，高適（704～765）與岑參（715～770）則是響亮清脆。可見在喬億眼中，錢、劉並稱，主要是指中唐之音。

1989年），卷5，頁460。宋人黃徹引劉昭禹語：「五言如四十箇賢人，著一箇屠沽不得。」宋·黃徹：《砉溪詩話》，丁福保輯：《歷代詩話續編》上冊（北京：北京圖書館出版社，2003年），卷5，頁372。

〔註36〕葛曉音：〈「意象雷同」和「語出獨造」——從「錢、劉」看大曆五律守正和漸變的路向〉，《清華學報》新45卷第1期（2015年3月），頁94。

〔註37〕葛曉音：〈「意象雷同」和「語出獨造」——從「錢、劉」看大曆五律守正和漸變的路向〉，《清華學報》新45卷第1期（2015年3月），頁73。

〔註38〕清·喬億：《劍谿說詩》，郭紹虞編選，富壽蓀校點：《清詩話續編》，又編，頁1127。

喬億在《大曆詩略》中亦肯定錢起有「格蒼」之作，如評〈縣城秋夕〉:「格蒼，似開、寶諸公作。」(卷2，頁135) 喬億認為此詩蒼茫，有盛唐之風。然而，喬億並不認同此為錢起詩風本色，其云：

> 稍具氣骨，非仲文本色。(〈送王季友赴洪州幕下〉，卷 2，頁 98)
>
> 忽爾沈鬱，仲文手筆不類。(〈逢俠者〉，卷 2，頁 155)
>
> 頷聯沈至，五、六又仲文本色。(〈再得畢侍御書聞巴中臥病〉，卷 2，頁 128)
>
> 仲文五言，稍近宣城，亦工起調，顧語多輕俊，體質不厚為遜。(〈酬王維春夜竹亭贈別〉，卷 2，頁 112)
>
> 清麗是右丞一派，但氣象未能渾闊耳。(〈和李員外扈駕幸溫泉宮〉，卷 2，頁 135)

從上述引文中可見，喬億雖承認錢起有沈鬱之作，稍具氣骨，但這並非錢起手筆。反而〈再得畢侍御書聞巴中臥病〉之「夢寐花驄色，相思黃鳥春」才是其本色，多用顏色字而顯清麗，與喬億總評錢起詩「如蕊珠春色」一致。總體而言，喬億認為，錢起詩並不雄渾廣闊。

除錢起之外，大曆詩人中李益(750～830)亦顯特殊，喬億指出：

> 李尚書益久在軍戎，故所為詩多風雲之所，其視錢、劉，猶岑參之於王、孟，鮑照之於顏、謝也。(卷 4，頁 323)

李益既然久在軍戎，生活場景與大曆詩人大不相同，自然風格也會有差異。詩多風雲之所，即如岑參、鮑照(414～466)一樣，多作邊塞詩。喬億屢次將李益與李白並言，詳見：

> 「九州」二句，眼界胸次闊大不可言，前惟青蓮，後惟玉溪可以語此。(〈登天壇夜見海〉，卷 4，頁 292)
>
> 淒麗脫灑，不減青蓮。(〈隋宮燕〉，卷 4，頁 319)
>
> 放筆闊遠，亦青蓮氣象。(〈送人歸岳陽〉，卷 4，頁 319)

從以上三詩可見，李益詩中尚有胸次闊大者，不減李白之氣象。此外，又如：

有氣焰，得體。(〈臨滹沱見蕃使列名〉，卷 4，頁 320)

「磧裡征人三十萬，一時回向月明看」：李于鱗曰：「全是王龍標氣調。」(〈從軍北征〉，卷 4，頁 315)

喬億評〈臨滹沱見蕃使列名〉「有氣焰」，更是引用李攀龍（1514～1570）之語，評價〈從軍北征〉一詩有王昌齡的氣韻格調。可見，李益在一些詩作中仍有盛唐風度。

但是李益仍不能開大曆之先，從表 3 所統計《大曆詩略》選錄詩歌數量看，五律多達 202 首，其次是七律 78 首。此與喬億選收劉長卿詩體相同，即編錄劉長卿五、七言律詩最多，而李益所選只是寥寥幾首。且前文已述，大曆詩人多創作律詩，顯然，李益的創作傾向與多數大曆詩人不同。是而，與劉長卿相較，錢起無盛唐之風，李益則律詩數量過少。

因此，綜合而論，喬億將劉長卿獨列為卷首，以明其「體氣開大曆之先」。

表 3 《大曆詩略》選錄劉長卿、李益詩歌數量

	五古	七古	五律	七律	五排	五絕	七絕	總計
劉長卿	7	4	**33**	**18**	10	4	9	85
錢起	20	4	**24**	**4**	13	6	1	72
李益	8	2	**5**	**3**	2	7	17	44
《大曆詩略》	56	32	**202**	**78**	50	42	66	526

第六節　結語

本文從喬億《大曆詩略》入手，探討劉長卿的詩歌風格，並兼論其「體氣開大曆之先」的原因。

《大曆詩略》作為古代唯一一本專選大曆詩歌的選本，對盛、中唐兩大詩學高峰之間的低谷——大曆詩歌，作出比較全面的選錄、評點、整理，標舉大曆詩風，突出大曆在詩學史上的意義。

喬億所編《大曆詩略》一方面為引導後學，以大曆詩歌作為初學門徑。因此，在評點時，喬氏亦注重對劉長卿詩歌的分析。喬億或從全詩章法出發，又或從詩歌字句入手，或點名詩句扣題中何字，句解細膩而教初學看題。

《大曆詩略》另一方面是為突出大曆詩歌的整體面貌與各家特色。至於劉長卿，喬億則認為他既具盛唐之概，又有中唐之風。劉長卿尚有沉雄激昂之作，只是和盛唐詩人相比，氣象不如。作為大曆詩人，劉長卿更多的是表現出淒清不勁的風格，又追求詩歌「工秀」，而研練字句。

其餘大曆詩人與劉長卿相較，在詩歌氣象與詩句刻畫上表現出相似的清夷風格，但劉長卿仍有盛唐遺響。即使是與劉氏並稱的錢起，偶有沉雄之作，喬億亦特別指出此非錢起手筆。而至於李益，詩歌雖有和李白相似之處，胸次闊大，但大曆詩人主要致力於近體詩，尤其是五律和七律。而這兩種詩體，喬億所選寥寥可數。反倒是劉長卿的創作，在大曆詩歌的發展脈絡中。因此，喬億將劉長卿獨列卷首，稱其「體氣開大曆之先」。

第五章 《唐詩三百首》與《唐詩成法》選評劉長卿詩法比較——兼論今人「新編唐詩三百首」冷落劉長卿之緣由

第一節　前言

筆者在閱讀劉長卿（725～789）相關資料時，發現明、清詩家多有談及「學劉」一事，如清人牟願相云：

> 劉文房五言長律，博厚深醇，不減少陵；求杜得劉，不為失求。〔註 1〕

牟願相以為劉長卿能與杜甫（712～770）相媲美，如其五言長律醇厚深宏，不輸少陵，正是所謂「求杜得劉，不為失求」，本學杜而終成劉，也不算失敗。

方東樹（1772～1851）也說：「今定七律，以杜公七律為宗，而輔以文房。」〔註 2〕王士禛（1634～1711）亦云：「七律宜讀王右丞、

〔註 1〕清・牟願相：《小澥草堂雜論詩》，郭紹虞編選，富壽蓀校點：《清詩話續編》（上海：上海古籍出版社，1999 年），頁 919。

〔註 2〕清・方東樹：《昭昧詹言》（臺北：漢京文化事業有限公司，1985 年），卷 18，頁 420。

李東川。尤宜熟玩劉文房諸作。」〔註3〕由上述兩則引文可見，方東樹與王士禛主張效法劉長卿的七律。無怪清人吳喬（1610～1694）有云：

> 今人作應酬詩者，不必責以王右丞之〈送楊少府〉、杜少陵之〈和裴迪〉，只作中唐人劉長卿之〈送陸澧〉、李益之〈送賈校書〉幾首，請拜以為五十六字之師。〔註4〕

七律應酬之作，通常評價不高，容易形成套語。因此吳喬說可拜劉長卿與李益（746～829）為五十六字師（七律，共 56 字），而不必苛責以達到王維（692～761）和杜甫的水平。換言之，吳喬認為劉長卿與李益的應酬詩水平雖不能達到杜甫和王維等人的高度，但亦尚可。蔣寅曾指出：「長卿語言多正常語序、句法完整，給人洗鍊流暢的感覺」，並統計劉長卿 63 首七律中，有半數以上通篇不用典，42 首中間兩聯不用典。〔註5〕根據蔣寅的研究，劉長卿七律之所以易學，或與其七律很少用典、通順流暢有關，這對於初學者來說，自是相對容易掌握。

此外，根據葉燮（1627～1703）所語：

> 近或有以錢、劉為標榜者，舉世從風，以劉長卿為正派。究其實不過以錢、劉淺利輕圓，易於摹仿。〔註6〕
>
> 或聞詩家有宗劉長卿者矣，於是群然而稱劉隨州矣。〔註7〕

或見翁方綱（1733～1818）之言：

> 劉隨州龍門八詠，體輕心遠，後之分題園林諸景者往往宗之。〔註8〕

〔註3〕清．王士禎口授，清．何世璂述：《然鐙記聞》，丁福保編：《清詩話》上冊（上海：上海古籍出版社，1978 年），頁 120。

〔註4〕清．吳喬：《圍爐詩話》（臺北：廣文書局，1973 年），卷 4，頁 25b～26a。

〔註5〕蔣寅：《大曆詩人研究》上編（北京：中華書局，1995 年），頁 48。

〔註6〕清．葉燮：《原詩》，丁福保編：《清詩話》下冊，內篇上，頁 571。

〔註7〕清．葉燮：《原詩》，丁福保編：《清詩話》下冊，內篇下，頁 580。

〔註8〕清．翁方綱：《石洲詩話》，郭紹虞編選，富壽蓀校點：《清詩話續編》，卷 2，頁 1384。

葉燮認為，因錢起（722？～780）、劉長卿之「淺利輕圓，易於摹仿」，有人標榜錢、劉，有人以獨劉長卿為正宗，於是舉世跟從，蔚然成風。而翁方綱舉例劉長卿的〈龍門八詠〉，該組詩體態輕盈，心情超逸，後世題寫園林者常常以劉長卿為宗。可看劉長卿確實引起過後世的模仿。

然而，明代譚元春（1586～1637）曾指出作詩學劉長卿容易出現的問題：

> 中唐諸家各有獨至處，即各有偏蔽處，人皆知避之。至於文房，則幾無瑕可指矣。嫌其有意煉飾，引人入平穩一路。學者法此，一望雷同，黯然無色，有害於詩教不淺也。故於文房詩，當賞其沈淡，去其平夷。〔註 9〕

譚元春認為中唐諸人各有獨特處，也各有弊病，人人都知取精華而去糟粕，而到劉長卿處，卻覺得無可指摘，但劉長卿的詩有意錘鍊修飾，若一味學之，則千篇一律，「入平穩一路」，而致詩歌黯然無色，損害詩教。因此，譚元春提出應該欣賞劉長卿詩中的沈淡，而捨去他詩中的平坦。譚元春的這則論述，從側面也反映出作詩「學劉」的後遺症。

明、清詩壇之所以有「學劉」的風氣，誠如蔣寅所述：「平心而論，劉長卿的確可以說是大曆時代最優秀的詩人，而且他的詩極宜作初學的門徑，像柳公權的書法，格法嚴整而又有徑可尋。所以，他的詩能受到後世許多名家的推崇與實際上的模仿（相對理論口號而言），絕非偶然。」〔註 10〕一方面，劉長卿上接盛唐，且是「大曆時代最優秀的詩人」；另一方面，他的詩法度嚴整，因此有跡可尋，初學者容易把握，得以入門。因此，筆者本章欲從清人孫洙（1711～1778）所編之《唐詩三百首》（以下簡稱《三百首》）與清人屈復（1668～1745）所選之《唐詩成法》切入，兩者皆為童蒙學本，從而探究初學本選評

〔註 9〕筆者未能得見明·譚元春：《唐詩歸折衷》，故轉引自陳伯海主編：《唐詩匯評》上冊（杭州：浙江教育出版社，1995 年），頁 468。

〔註 10〕蔣寅：《大曆詩人研究》，上冊，頁 22。後世名家例如王士禛，蔣寅提到：「何況老杜的襟懷並非人人都能學到的，所以像王漁洋這樣的名家，大抵都會從劉長卿起家，只是不願坦白罷了。」見氏著：《大曆詩人研究》，上冊，頁 51。

劉長卿詩歌的面貌，以及劉詩何以適合初學者學習。

此二部選本皆只選錄了劉長卿的近體詩，惟《三百首》多選絕句一體。《三百首》共選劉詩 11 首，〔註 11〕《唐詩成法》則選入 19 首，〔註 12〕其中有 4 首詩歌相同。此外，兩者的點評方式十分不同（下文詳述），故而筆者欲比較《三百首》與《唐詩成法》選評劉長卿的異同，結合選詩內容與說解方式，分析何者所選的劉長卿詩，更適合作為初學習詩之用。

另外，從附錄一〈明、清主要唐詩選本前十大詩家〉所列表格中可看到，劉長卿皆能躋身前十大，包括本章所討論的《唐詩三百首》與《唐詩成法》。劉長卿在《三百首》中位列第七，而在《唐詩成法》中，與沈佺期（656～715）、李商隱（813～858）等人並列第四。然則，綜觀今人新編《唐詩三百首》，如附錄二〈今人「新編唐詩三百首」前十大詩家〉所示，僅何嚴等人《新編唐詩三百首》、許清雲《唐詩三百首新編》、陳引馳《唐詩三百首》此三個選本選錄劉長卿詩較多，排進前十大詩家，其餘則選劉長卿詩寥寥，與〈明、清主要選本前十大詩家〉形成鮮明對比。是故，筆者亦將分析今人新編選本，期能解釋劉長卿受今人冷落之緣由。

第二節　《唐詩三百首》與《唐詩成法》指引初學的方式

一、《唐詩三百首》指引初學的方式

孫洙，生於康熙五十年（1711），卒於乾隆四十三年（1778），《唐

〔註 11〕數據統計自清．孫洙編，清．陳婉俊補註：《唐詩三百首》（北京：中國書店，1991 年）。以下所引《唐詩三百首》內容，皆出自此書，並採用隨文註。

〔註 12〕數據統計自清．屈復：《唐詩成法》（乾隆八年（1743）江都吳家龍刻本，弱水草堂本）。以下所引《唐詩成法》內容，皆出自此書，並採用隨文註。

詩三百首》則成書於乾隆二十九年（1764），原署名為「蘅塘退士」。孫洙《唐詩三百首》卷前題辭，簡述其編選緣由，是為彌補《千家詩》之缺憾，並作為家塾課本之用，其云：

> 世俗兒童就學，即授《千家詩》，取其易於成誦，故流傳不廢。但其詩隨手拾掇，工拙莫辨，且止七言律絕二體，而唐宋人又雜出其間，殊乖體制。因專就唐詩中，膾炙人口之作，擇其尤要者，每體得數十首，共三百餘首，錄成一編，為家塾課本。俾童而習之，白首亦莫能廢，較《千家詩》不遠勝耶？諺云：「熟讀唐詩三百首，不會吟詩也會吟。」請以是編驗之。（原序，頁 1a）

從上文可見，孫洙不滿《千家詩》「隨手拾掇」，體制錯亂，唐、宋詩間雜其中，因就唐詩中，擇出「三百餘首」尤要者，〔註 13〕編成八卷。其書前四卷為五、七言古體詩，計 82 首，後四卷為五、七言律詩與絕句，共 228 首。據孫氏自序所述，其將《唐詩三百首》定位為家塾課本，供世俗兒童就學之用。

雖然孫洙《唐詩三百首》是為世俗兒童就學而編寫，但書中大多詩作只選而無評，只有少數詩歌附有旁批，茲舉兩例如下：

> 今夜鄜州月，閨中只獨看（獨看月者，憶長安也。小兒女豈解此哉？）。遙憐小兒女，未解憶長安。香霧雲鬟溼，清輝玉臂寒。何時倚虛幌，雙照淚痕乾（故月應獨看）。（杜甫〈月夜〉，卷 5，頁 9a）

> 紫泉宮殿鎖煙霞，欲取蕪城作帝家（唐不受命，巡幸當無極也。）。玉璽不緣歸日角，錦帆應是到天涯。於今腐草無螢火（低處），終古垂楊有暮鴉（高處）。地下若逢陳後主，豈宜重問後庭花。（李商隱〈隋宮〉，卷 6，23a）

〔註 13〕據莫礪鋒考證，《唐詩三百首》所收唐人張旭的〈桃花溪〉應是宋人蔡襄之詩，詩題作〈度南澗〉。見莫礪鋒：〈《唐詩三百首》中有宋詩嗎？〉，《文學遺產》2001 年第 5 期（2001 年 9 月），頁 42～50+143。不過，《唐詩三百首》只是錯入一首宋詩，且這個錯誤至康熙《御選唐詩》仍存在，實難怪孫洙，與《千家詩》屢見錯雜的情況不可一概而論。

以上括號中加黑字為孫洙旁批。〈月夜〉的旁批即圍繞「獨看」而詮釋句意，〈隋宮〉的批語「低處」、「高處」，則指明詩句寫作的角度變化。可以說，孫洙是概略性地說解詩句的含義和視角。針對孫氏簡單的點評，清人姚瑩（1785～1853）曾指出「惜箋注太疏，讀者病之。」(〈序〉，頁 1a)，陳婉俊（？～？）也就其所以補注孫洙原書說明道：

> 是書原刻旁批，往復周詳，有譏其淺陋者，然意在啟迪初學，並非概語宏通，其誘掖苦心，不可沒也，今悉仍之。(凡例，頁 3a)

陳婉俊之言，是為孫洙辯駁「譏其淺陋者」。陳婉俊認為，孫洙並非旁批淺陋，而是刻意為之，目的在於引導、啟迪初學，大致了解詩作後，再思考如何寫詩。但也從側面反映出，孫洙的旁批十分簡略。

二、《唐詩成法》指引初學的方式

屈復，生於清康熙七年（1668），卒於清乾隆十年（1745），字見心，號悔翁，晚號逋翁，別號金粟道人，一作金粟老人，蒲城（今陝西省）人。其代表作有《弱水集》二十二卷、《楚辭新注》七卷（附《天問校正》一卷）、《玉溪生詩意》八卷、《唐詩成法》十二卷、《杜工部詩評》十八卷等。

本章所討論之《唐詩成法》，此書專選唐人五、七言律詩，分體編排，每體再按時代先後順序排列，計五律五卷 304 首，七律七卷 242 首，共選詩 546 首，無目錄。孫琴安依據《唐詩成法・凡例》後題「金粟老人識」，故認為其書是屈氏晚年所著。〔註 14〕孫琴安又指出：

> 此書每首詩後均有評析，但他決不管每首詩的時間、地點的考釋，也不在意典故的箋注，他全是從章法結構上來進行評析的，全著重於「法」字，蓋與書名相符。〔註 15〕

其書名來源，劉藻（1701～1766）曰：

〔註 14〕孫琴安：《唐詩選本提要》(上海：上海書店出版社，2005 年)，頁 315。
〔註 15〕孫琴安：《唐詩選本提要》，頁 317。

> 成法云者，古人已定之式，特為指出，非斤斤持一格以繩古人也。（劉藻序，頁 3a～3b）

可見屈復《唐詩成法》注重古人已成之詩法，因而就章法結構而展開分析，不涉及考釋、箋注。對於「法」的重要性，屈復論道：

> 詩佳而無法者，未之有也。（凡例，頁 1b）
>
> 詩之有法，猶耳目口鼻之有位次也。然其佳否，殊不在此。嫫姆之於西施，位次何嘗倒置？而美惡懸絕。詩不能佳，惟法是委，法不受過。（凡例，頁 2a）
>
> 中晚以來，間有奇格，然奇即是法，奇亦不能離法也。（凡例，頁 1a）

結合上述三則引文，屈復認為好詩必有法，有法卻不一定是好詩，「法」作為詩之基礎而存在，並不能決定詩之佳否。因此，屈復肯定中、晚唐詩中的奇格，但同時也強調「奇亦不能離法」。換言之，針對初學者而言，首先重要的即是掌握詩法，而後再去創造佳作。

究其「法」的內容，屈復曰：

> 五、七言律體制於唐，法源於古，穩順平仄、四韻成篇、起結虛實、反正抑揚，未嘗立法以繩後人，而理極義當。如關石和鈞，雖有賢者，千變萬化，終莫能出其範圍。（凡例，頁 1a）

從上可知，屈復所言之「法」主要指律詩的平仄、押韻、章法起結等。按照屈復的觀點，唐人五、七言律詩體制盡備，因而《唐詩成法》專選唐人律詩。從中不難理解，屈復編選《唐詩成法》的目的是為指導後學。屈氏也明確指出此點，其云：

> 茲集聊為初學入門者作老馬耳。（凡例，頁 3a）

綜上，屈復意圖呈現唐人律詩詩法的全貌，目的是使初學了解詩法，以作入門之用。

屈復指引初學的方式多種多樣，有單圈「。」、雙圈「。」，〔註 16〕

〔註 16〕為電腦錄入方便，雙圈「。。」用加點「·」代替。

且詩後往往附有詳細評論，以李商隱〈無題〉為例：

> 原詩：幽人不倦賞，秋暑貴招邀。竹碧轉悵望，池清尤寂寥。露花終裛濕，風蝶強嬌饒。此地如攜手，兼君不自聊。
>
> 詩評：秋暑猶言秋熱也。一二以下不倦賞之幽人，當秋暑之愁時，最貴有招邀者，三四正寫所以貴意，五六秋暑景物，七八緊接中四言。此時此景，我已悵望寂寥，兼君無聊時，如得攜手此地，定當極歡也。倒法。（卷5，頁 8b～9a）

屈復以單圈來表明詩中佳句，又以雙圈來凸顯詩眼。詩評不僅說解了詩作大意，也點出關鍵字詞的深意，更指明此詩妙在「倒法」，並對此而加以詳細分析。

屈復自云：「茲集於篇中疵謬處，亦為評出。」（〈凡例〉，頁 9a）如評李白（701～762）〈鸚鵡洲〉：

> 青蓮自〈黃鶴樓〉以後，屢為此體，然皆不佳。此首稍勝〈鳳凰臺〉，究竟只三四好。以下音節已失，字句非所論矣。（卷7，頁 12a）

按屈復之言，李白模仿崔顥（704～754）〈黃鶴樓〉所作的〈鸚鵡洲〉與〈登金陵鳳凰臺〉皆不佳。從格律來看，李白〈鸚鵡洲〉不僅平仄失對，也犯了下三平的禁忌，是以「音節已失。」

針對篇中疵謬處，屈復甚或提出修改意見。例如，溫庭筠（812～866）〈商山早行〉中間兩聯「雞聲茅店月，人跡板橋霜。槲葉落山路，枳花明驛牆」，屈復云：

> 三四早景，五六商山早景……此詩三四名句，後半不稱。五六又寫早景，與七八全無關照，又復三四……五六若寫故鄉景，結句再明白，則合作矣。（卷 5，頁 17a～17b）

屈復先是指出「槲葉」、「枳花」二句描寫早景，不僅與前聯重複，也和結句無關，是而建議五六句可寫故鄉景，來避免「後半不稱」的問題。

綜上，《唐詩成法》指引後學的方式，不僅圈點多樣，說解亦細緻，甚至修改負面詩例，以適用於初學。

第三節 《唐詩三百首》與《唐詩成法》選評劉長卿的相同處

〈前言〉已述，孫洙本《唐詩三百首》與屈復《唐詩成法》所選劉長卿詩有 4 首相同，分別為五律〈尋南溪常道士〉、〈新年作〉，七律〈自夏口至鸚鵡洲夕望岳陽寄元中丞〉、〈長沙過賈誼宅〉。〔註 17〕因此，本節欲以此四首詩為出發點，深入探討《三百首》與《唐詩成法》選評劉長卿的相同處。

表 1 《唐詩三百首》與《唐詩成法》選錄劉長卿詩歌之題目

	五律	七律	五絕
唐詩三百首	秋日登吳公臺上寺遠眺寺即陳將吳明徹戰場	江州重別薛六柳八二員外	送靈澈
	送李中丞歸漢陽別業	長沙過賈誼宅	聽彈琴
	餞別王十一南遊	自夏口至鸚鵡洲夕望岳陽寄元中丞	送上人
	尋南溪常道士		
	新年作		
唐詩成法	穆陵關北逢人歸漁陽	將赴嶺外留題蕭寺遠公院	
	經漂母墓	戲題贈二小男	
	碧澗別墅喜皇甫侍御相訪	送耿拾遺歸上都	
	新年作	獻淮寧軍節度使李相公	
	尋南溪常道士	送李錄事兄歸襄鄧	
	岳陽館中望洞庭湖	長沙寓賈誼宅	
	北歸次秋浦界清溪館	酬屈突陝	
	秋杪江亭有作	自夏口至鸚鵡洲夕望岳陽寄源中丞	
		別嚴士元	

〔註 17〕屈復所選此兩首七律詩題稍有不同，分別是〈自夏口至鸚鵡洲夕望岳陽寄源中丞〉、〈長沙寓賈誼宅〉。本文以《劉隨州集》所錄詩題為準。

		送陸澧倉曹西上	
		送子壻崔真父歸長城	

首先討論劉長卿五律〈尋南溪常道士〉，全詩如下：

一路經行處，莓苔見履痕。白雲依靜渚，春草閉閒門。
過雨看松色，隨山到水源。溪花與禪意，相對亦忘言。
（《劉隨州集》，卷 3，頁 7b～8a）

孫洙於首句旁批「語語是尋」，而「白雲依靜渚，春草閉閒門。遇雨看松色，隨山到水源」分別是「遠處」、「近處」、「高處」、「低處」。（卷 5，頁 19b）換言之，該詩首句為總領，繼而分寫途中遠近高低所見之景，正說明了尋南溪常道士之情境。屈復解讀與孫洙類似，其言：

一尋，二道士，中四皆承二，七八贊美結……南溪經行之處，惟見履痕，而道士則閉閒門於白雲靜渚中，一路看松隨水，皆有得意忘言之妙也。履痕者，道士之履痕。雲依靜渚，草閉閒門，故止見履痕而不見人也。看松隨水，起下得意忘言。溪花即從水源脫下，又結題中「南溪」。（卷 2，頁 23b）

題是尋常道士，詩只「見履痕」三字完題，余但寫南溪，自己一路得意忘言之妙，其見道士否不論。與王子猷（王徽之，338～386，字子猷）「何必見安道」同意。（卷 2，頁 23b）

按屈復之言，只見履痕已然說明未尋見人，此三字便已點題。而後所言，皆是圍繞「南溪」展開，「一路看松隨水」即是孫洙所述之「語語是尋」，最終尋而不得，屈復認為有得意忘言之妙，是所謂「何必見安道」，乘興而行，興盡而反。〔註 18〕結合孫洙與屈復的評語，可發現二人都解析了劉長卿此詩作的章法結構，符合童蒙學本的性質。

〔註 18〕《晉書》記載：「（徽之）嘗居山陰，夜雪初霽，月色清朗，四望皓然，獨酌酒詠左思〈招隱詩〉，忽憶戴逵。逵時在剡，便夜乘小船詣之，經宿方至，造門不前而反。人問其故，徽之曰：『本乘興而行，興盡而反，何必見安道邪！』」見唐．房玄齡等奉敕撰：《晉書》，《景印文淵閣四庫全書》第 256 冊（臺北：臺灣商務印書館，1983 年），卷 80，頁 14a。

另一首孫、屈二人同選五律為〈新年作〉，茲錄全詩如下：

鄉心新歲切，天畔獨潸然。老至居人下，春歸在客先。
嶺猿同旦暮，江柳共風煙。已似長沙傅，從今又幾年？
（《劉隨州集》，卷 1，頁 5a）

孫洙旁批該詩第二聯：「讀二句，須將上兩字作一住。」（卷 5，頁 19b）屈復詳細分析了此詩結構：

一新歲之感；二他鄉之情；三承二，其情難堪；四承一，其感甚深。五六經年天畔，傷心景物；七結五六；八結新歲，言不知更有幾年，而始得歸也。（卷 2，頁 23a）

孫洙指出，在讀第二聯詩句時，應在「老至」、「春歸」處作一停頓，方能理解此聯。「老至」、「春歸」二句，較為巧妙，不符合日常邏輯。屈復談及中晚有奇格，「然奇即是法，奇亦不能離法也。」（凡例，頁 1a）當是指此種，雖然語言新穎，但亦吻合詩歌格律，細究之，語意也明了。誠如屈復對此詩的解析，詩句環環相扣，各有承結，將新歲他鄉之情，濃烈道出。

雖然，通過孫、屈二人對〈新年作〉的評語，無法看出選評劉長卿詩歌的共通處，但仔細閱讀後發現，〈新年作〉之「嶺猿同旦暮」、「已似長沙傅」，是劉長卿以賈誼自況，述自己貶謫之事。孫洙與屈復共選的另兩首七律〈自夏口至鸚鵡洲夕望岳陽寄元中丞〉、〈長沙過賈誼宅〉，同樣是以貶謫為主題。

先見〈長沙過賈誼宅〉：

三年謫宦此棲遲，萬古惟留楚客悲。秋草獨尋人去後，寒林空見日斜時。漢文有道恩猶薄，湘水無情弔豈知。寂寂江山搖落處，憐君何事到天涯。（《劉隨州集》，卷 9，頁 2b）

該首孫洙旁批道：「憐賈正以自憐。」（卷 6，頁 15a）屈復與孫洙觀點相同，其曰：

「日斜時」點時，五六，其冤莫可告語，「搖落處」應「此棲遲」，憐君，己憐賈也，謫官來此而云「何事」，含意無限。結言無罪被謫，今古同恨，故說賈即是自說。（卷 7，頁 8a）

該詩表面上在吟詠賈誼，實際上劉長卿兩遭遷謫，容易引起對賈誼的共鳴。因此可以說，劉長卿憐賈也是自憐。綜上，劉長卿因其遷謫的經歷，而不斷地吟詠賈誼之事，來表達自身貶謫的況味。另一首〈自夏口至鸚鵡洲夕望岳陽寄元中丞〉詩意類似，全詩如下：

> 汀洲無浪復無煙，楚客相思益渺然。漢口夕陽斜度鳥，洞庭秋水遠連天。孤城背嶺寒吹角，獨戍臨江夜泊船。賈誼上書憂漢室，長沙謫去古今憐。(《劉隨州集》，卷 9，頁 6a)

「賈誼」、「長沙」二句，劉長卿又自比賈誼。屈復言：

> 謫去道路之淒涼，賈誼以上書被謫，古今同憐，言外見我之所遇，不異賈生，中丞亦憐否？(卷 7，頁 9a)

該詩末句「賈誼上書憂漢室，長沙謫去古今憐」，與前詩〈長沙過賈誼宅〉結句「寂寂江山搖落處，憐君何事到天涯」，可說是語意相同。

金性堯(1916～2007)曾說道：「今看選入本書(指《三百首》)的十一首劉詩中，卻有三首以賈誼謫長沙來自喻。」〔註 19〕孫洙雖然只選劉詩 11 首，但並未刻意避免劉長卿的貶謫詩。同樣地，屈復在選錄劉長卿詩歌時，也沒有規避這一問題，甚至選錄更多。除上述三首詩外，尚有兩首，茲錄如下：

> 竹房遙閉上方幽，苔徑蒼蒼訪舊遊。內史舊山空日暮，南朝古木向人秋。天香月色同僧室，葉落猿啼傍客舟。此去播遷明主意，白雲何事欲相留。(〈將赴嶺外留題蕭寺遠公院〉，卷 7，頁 6a)

> 春風倚棹闔閭城，水國春寒陰復晴。細雨濕衣看不見，閑花落地聽無聲。日斜江上孤帆影，草綠湖南萬里情。東道若逢相識問，青袍今已誤儒生。(〈別嚴士元〉，卷 7，頁 9a)

屈氏評論二首云：

> 白雲何曾欲留？詩人寄興大抵如是，言外有無罪被謫意。(〈將赴嶺外留題蕭寺遠公院〉，卷 7，頁 6a～6b)

〔註 19〕金性堯：《唐詩三百首新注》(上海：上海古籍出版社，1992 年)，前言，頁 8。

> 四喻己之被譖貶謫，五別離之地，六謫官所經之路。(〈別嚴士元〉，卷 7，頁 9b)

按屈氏之語，第一首詩中，劉長卿寄寓白雲，以表達己身被貶；第二首詩中，劉長卿又以「閒花落地」來暗喻自己貶謫。是故，屈復認為劉詩寄興大抵如此，言外之意皆是被謫。

另再看《三百首》與《唐詩成法》二書所選劉長卿之詩題，從表 1 可知孫、屈各選劉長卿送別詩 5 首。理論上，劉長卿存詩 506 首，而孫洙只選劉詩 11 首，屈復選 19 首，詩歌主題不至於如此重複。可見，孫、屈二人，在劉長卿的「貶謫」詩之外，也有偏好選錄「送別」主題的傾向。

綜合上述，孫洙《唐詩三百首》和屈復《唐詩成法》在評選劉長卿詩時，皆注意對詩歌章法之分析，並不在意主題重複的問題。

第四節 《唐詩三百首》與《唐詩成法》選評劉長卿的差異

與屈復《唐詩成法》專選五、七言律詩不同，孫洙《唐詩三百首》古體、近體詩皆有選錄。從詩體而言，孫洙較屈復多選了劉長卿 3 首五言絕句，分別是〈送靈澈〉、〈聽彈琴〉、〈送上人〉，分錄全詩如下：

> 蒼蒼竹林寺，杳杳鐘聲晚。荷笠帶斜陽，青山獨歸遠。(〈送靈澈〉，卷 7，頁 227)
>
> 孤雲將野鶴，豈向人間住。莫買沃洲山，時人已知處。(〈送上人〉，卷 7，頁 228)
>
> 泠泠七絃上，靜聽松風寒。古調雖自愛，今人多不彈。(〈彈琴〉，卷 7，頁 227)

分析此三首絕句發現，前兩首押仄韻，應屬古絕，後一首則押平聲韻，為近體詩。最後一首詩〈彈琴〉，「泠泠七絃上」後三字的平仄是「仄平仄」，屬於「本句自救」，而「古調雖自愛，今人多不彈」一句平仄為「仄仄平仄仄，平平平仄平」，上句第三、四字當平而反仄，以對句第三字平聲相救，是為「對句相救。」另外，「松風寒」三字犯了「下三平」，違反近體詩格律的要求。

除了詩體選錄之外，孫洙《唐詩三百首》與屈復《唐詩成法》在體例編排上也有較大差異。《三百首》採用旁批的形式，如劉長卿〈秋日登吳公臺上寺遠眺寺即陳將吳明徹戰場〉：

> 古臺搖落後（臺），秋日望鄉心（秋日登）。野寺來人少，雲峰隔水深（遠眺）。夕陽依舊壘（見），寒磬滿空林（聞）。惆悵南朝事（陳戰場），長江獨至今。（卷 5，頁 18b）

又如〈江州重別薛六柳八二員外〉：

> 生涯豈料承優詔，世事空知學醉歌。江上月明胡雁過（聞），淮南木落楚山多（見）。寄身且喜滄洲近，顧影無如白髮何。今日龍鍾人共老，愧君猶遣慎風波。（卷 6，頁 15a）

以上引文所見旁批，或點明劉詩扣題之處，如「臺」、「秋日登」、「陳戰場」等，或指出詩句描寫的內容，如遠眺之景、視聽之物等，可知孫洙以寥寥數語解析劉長卿之詩作。另據筆者統計，孫洙選錄劉長卿 11 首詩中，尚有 2 首只選而無評。

屈復《唐詩成法》則不同，其每首詩後均有評語，注重從字法、句法、章法等方面來評析詩歌，但不作箋注，例如劉長卿〈北歸次秋浦界清溪館〉：

> 萬里猿啼斷，孤村客暫依。雁過彭蠡暮，人向宛陵稀。舊路青山在，餘生白首歸。漸知行近北，不見鷓鴣飛。
> （卷 2，頁 24a～24b）

屈復對此詩評語：

> 一北歸，二次秋浦，三四秋浦景，承二，五六北歸情景。萬里之外，日聽猿啼，今已斷矣，可喜；溪館暫依，明日即北行，可喜；南來之雁甚多，北歸之人甚少，我獨北歸，可喜！舊路惟青山尚在，則不在者多，餘生至白首方歸，則得歸亦幸，語語若傷感，意卻有喜。不見鷓鴣，是以漸知近北，蓋厭見已久，今始不見，喜可知矣。以「見」字應「聽猿」，

以「鷓鴣」應「啼猿」，法密。通篇無一「喜」字，全以神行。（卷 2，頁 24b）

屈復先對全詩的結構作一分析，而後對詩作內容進行解析。屈復認為該詩無一「喜」字，但通篇都在言「喜」，並一一點明每句詩是如何傳達出喜悅之情，可謂說解細緻，一閱便明。屈氏又借「以『見』字應『聽猿』，以『鷓鴣』應『啼猿』」來說明如何方能做到詩法細密。其餘詩作大抵如此，詩後附有詳細的論述，再如〈獻淮寧軍節度使李相公〉：

建牙吹角不聞喧，三十登壇眾所尊。家散萬金酬士死，身留一劍答君恩。漁陽老將多迴席，魯國諸生半在門。白馬翩翩春草綠，邵陵西去獵平原。（卷 7，頁 7a）

屈復云：

一安靜鎮物，二年少服人，三四承一，就李寫；五六承二，就眾所尊寫，七八就淮寧結。建牙吹角，宜喧而不聞，軍令嚴肅也；三十登壇，宜不尊而眾尊，才足服人也。輕財重士，以忠報君，故年雖少而老將避席，辟幕屬而諸生在門，是以疆埸宴然，惟田獵壯軍威耳。結得閑雅有遠神。雄壯難，雄壯而清利更難。（卷 7，頁 7b）

與〈北歸次秋浦界清溪館〉相同，屈復先點明全詩結構，而後一步步分析內容。從「建牙吹角」到「田獵壯軍威」，透過屈復的說解，讀者得以了解此詩雄壯在何處，又何以能有雄壯之姿。最後屈復又云「結得閑雅有遠神」，而說明結句使得全詩清澈有神。是故，屈復總評該詩「雄壯難，雄壯而清利更難。」屈氏之評語，有理有據，清晰明白。

除上之外，不同於孫洙《唐詩三百首》未對劉長卿詩歌作出優劣的評價，屈復亦明確指出欣賞劉長卿詩歌之處，同時又點出劉詩薄弱的地方，其云：

隨州詞藻清潔，抑揚反覆，有味外之味，最耐人吟誦，但結句多弱，又多同。（卷 7，頁 10a）

屈復認為劉長卿詩歌的優勢在於詞藻清爽，含蓄不盡，耐人尋味，而劣勢即在結句，氣勢不足，又多類同。

首先討論劉詩佳處，以具體詩作評語為例，如屈復評論：

> 四開一筆，妙，言近日征戰多不得歸，反見耿之得歸為可羡，亦借客形主之法。然已伏結句憂時之意。（〈送耿拾遺歸上都〉，卷 7，頁 7a）

> 老羞白髮是悲，每看兒戲是歡，五六雖承「頻生子」，然亦有悲歡在內，「何幸」緊接五六，明寫「歡」字；「霑巾」明寫悲字，卻有歡在。蓋喜極而悲也。題有「戲」字，詩卻句句是淚，淚卻是喜。（〈戲題贈二小男〉，卷 7，頁 6b）

第一則引文中，劉詩「借客形主」，題為送耿拾遺，然則實際上通過征戰不得歸與耿之得歸形成鮮明對比，表達了自己的羨慕之情。同時，又與結句「不堪西望見風塵」相呼應，憂念時事之心亦可見。既有愁緒，又有豔羨，是屈復所謂「抑揚反覆」。此點在第二則引文中表現得更加明顯。屈復詳細地指出了該詩中何處為悲，何處有喜。如此悲喜交集，抑揚反覆，貫穿全詩。故而屈復總結該詩「句句是淚，淚卻是喜」。

至於屈復所論「有味外之味」，詳見劉詩〈酬屈突陝〉：

> 落葉紛紛滿四鄰，蕭條環堵絕風塵。鄉看秋草歸無路，家對寒江病且貧。藜杖懶迎征騎客，菊花能醉去官人。憐君計畫誰知者，但見蓬蒿空沒身。（卷 7，頁 6b）

屈復云：

> 中四極妙，七開八合……格雖太整，味在鹹酸之外。（卷 7，頁 6b）

按屈氏之語，劉長卿此詩妙在中間四聯，詩意並不直接呈現，而是需要一層層推理，比如「鄉看」一句，有秋草即表明有路，然而劉長卿卻言「歸無路」，究之是因還鄉不得，因此與無路相同。其餘各句和此類似，可見格式規整，但由於詩意七彎八曲，並有「味在鹹酸之外」的妙竅。

此外，再如上文提到的〈長沙過賈誼宅〉「寂寂江山搖落處，憐君何事到天涯」，屈復評論：「謫官來此而云『何事』，含意無限。」（卷 7，頁 8a）劉長卿並不直言被冤貶謫，而是借助「何事」道出，因此具有了味外之味、含情不盡的效果。

至若劉長卿詩歌的缺點，屈復批評道：

> 七當結上，八當寫歸長城，而暮帆山水，又是八寸三分套話。（〈送子壻崔真父歸長城〉，卷 7，頁 10a）
>
> 前七句極妙，結太率。（〈送陸灃倉曹西上〉，卷 7，頁 10a）
>
> 寫景真切細潤，結太顯露，長卿謫官，胸懷不平，處處發之。（〈別嚴士元〉，卷 7，頁 9b）

「八寸三分」指的是清人帽子的尺寸夠大，人人可戴，到處適用。因此，按照屈復的觀點，「臨水」、「暮帆」等都屬於送別詩中的固定套話。針對〈送子壻崔真父歸長城〉一詩，屈復給出寫作建議，應當先作總結，而後再歸結到「歸長城」，扣合詩題。如此一來，便能脫離套語，使得詩法格式精細嚴密。後兩首詩的問題都在於末句，二詩結句分別為「臨水自傷流落久，贈君空有淚沾衣」（卷 7，頁 10a）、「東道若逢相識問，青袍今已誤儒生」（卷 7，頁 9b），屈復以為粗率而不佳。「臨水」句過於泛化，只是就江水、眼淚泛泛而談，並不能讓人體會到真情實感；「東道」句則過於顯露，將胸中不平之氣傾瀉而出，不夠委婉。但從屈氏評語中，並未見其批判劉長卿處處發謫官不平之聲，甚至有「含意無限」（卷 7，頁 8a）的讚賞。屈復自云：

> 昔人謂才小，未必，但法律不精嚴耳。（卷 7，頁 10a）

按屈氏的言語，劉長卿結句多同，並非是其才小之故，而是詩歌格律不夠精準嚴密。倘若〈別嚴士元〉能像〈長沙過賈誼宅〉結句一般，含蓄不盡，屈復仍會將此詩定位成一首好詩。可見，屈復是在引導初學注重詩法的學習。

以上已分別論述了《唐詩三百首》與《唐詩成法》在選錄劉長卿詩體以及體例、評點內容上的差異。最後，從選錄主題上看，除了送別與貶謫詩外，屈氏尚選了劉長卿山水紀行詩：如〈岳陽館中望洞庭湖〉、〈秋杪江亭有作〉，親情詩：如〈戲題贈二小男〉，以及酬贈詩：〈獻淮寧軍節度使李相公〉、〈酬屈突陝〉等。屈復《唐詩成法》相較孫洙《唐詩三百首》，主題更為豐富。

綜上，《唐詩成法》不僅說解細緻，令人一讀便通，而且屈氏具體指明劉長卿詩歌的妙諦與弊端，並提出修改的意見。因此，筆者認為屈復《唐詩成法》選錄的劉長卿詩歌，更適合童蒙者學習。

第五節　劉長卿詩歌啟發初學之用

作為童蒙本，孫洙和屈復選錄劉長卿詩歌，自是為了引導初學者學詩。因而，筆者將展開分析劉長卿詩歌何以有啟發初學之用。

首先，孫洙與屈復皆分析了劉詩如何扣合詩題，以〈自夏口至鸚鵡洲夕望岳陽寄元中丞〉為例。孫洙於詩句旁批：

> 「漢口夕陽斜度鳥」：夏口至洲。
> 「洞庭秋水遠連天」：岳陽。
> 「賈誼上書憂漢室」：寄元。（卷 6，頁 15b）

屈復則於詩後寫道：

> 一夏口鸚鵡洲兼景，二情，暗指中丞，三夏口兼寫暮，四岳陽兼寫秋，五承三，六承四，七八寄中丞。（卷 7，頁 9a）

從引文中可知，孫洙與屈復均點出詩句綰合詩題處。再結合表 2，可發現不僅只有〈自夏口至鸚鵡洲夕望岳陽寄元中丞〉一詩，孫、屈二人也批明劉長卿其他詩作與詩題的切合關係。〔註 20〕此外，屈復評價

〔註 20〕屈復選劉長卿詩歌 19 首，只兩首送別詩〈送李錄事兄歸襄鄧〉、〈別嚴士元〉，屈氏未點明扣題處，筆者以為是因為此二詩並非單言送別，前首久別乍會，後首貶官遷謫，故而難以分析詩題。但即使如此，屈復仍然點出「送」與「別」，其云：「五六送」、「五別離之地」。見氏著：《唐詩成法》，卷 7，頁 7b、9b。反觀其餘詩人之詩作，屈復並不一定刻意點出詩句切題，如屈氏評張九齡〈望月懷遠〉詩：「『共』字逗起情人，『怨』字逗起相思。」見氏著：《唐詩成法》，卷 1，頁 7b。論李白〈登金陵鳳凰臺〉：「三四熟滑庸俗，全不似青蓮筆氣；五六佳

〈經漂母墓〉：

原詩：昔賢懷一飯，茲事已千秋。古墓樵人識，前朝楚水流。
渚蘋行客薦，山木杜鵑愁。春草茫茫綠，王孫舊此遊。

詩評：此首止用「一飯」、「王孫」四字，而切題不易，今人則故實滿紙。（卷 2，頁 21b～22a）

〈經漂母墓〉記敘了漂母因對韓信有一飯之恩而被樵人識出一事。屈復認為，劉長卿隻字不提「漂母」，未用典故充斥全詩，而是用「一飯」、「王孫」四字點題，甚為巧妙。綜上可見，劉長卿詩歌可用來指導初學者寫詩如何切題。

表 2 《唐詩三百首》與《唐詩成法》針對劉長卿詩題之評語

選　本	詩　題	旁批／評語
唐詩三百首	秋日登吳公臺上寺遠眺寺即陳將吳明徹戰場（卷 5，頁 18b）	古臺搖落後：臺。
		秋日望鄉心：秋日登。
		惆悵南朝事：陳戰場。
	尋南溪常道士（卷 5，頁 19b）	一路經行處：語語是尋。
		溪花與禪意：南溪道士。
	長沙過賈誼宅（卷 6，頁 15a）	漢文有道恩猶薄：賈誼。
		湘水無情弔豈知：長沙。
唐詩成法	穆陵關北逢人歸漁陽(卷 2，頁 21b)	前四「穆陵」、「漁陽」雙起對承，後四歸漁陽。
	經漂母墓（卷 2，頁 21b）	前四漂母墓，後四經也。
	碧澗別墅喜皇甫侍御相訪（卷 2，頁 22a）	一二別墅兼點時日，三四喜皇甫相訪，五六路惡，結重寫「喜」字。
	新年作（卷 2，頁 23a）	一新歲之感……八結新歲。
	尋南溪常道士（卷 2，頁 23b）	一尋，二道士……題是尋常道士，詩只「見履痕」三字完題，余但寫南溪。

句，然音節不合，結亦淺薄。」見氏著：《唐詩成法》，卷 7，頁 12a。以上評語皆未涉及詩題。

	岳陽館中望洞庭湖（卷 2，頁 24a）	一二望湖，三四虛寫湖之大，五六實寫湖之大。
	北歸次秋浦界清溪館（卷 2，頁 24b）	一北歸，二次秋浦。
	秋杪江亭有作（卷 2，頁 25a）	三四……是江亭，五六景是秋杪。
	將赴嶺外留題蕭寺遠公院（卷 7，頁 6a）	一寺院……七赴嶺外之故。
	戲題贈二小男（卷 7，頁 6b）	一是二小男。
	送耿拾遺歸上都（卷 7，頁 7a）	一歸上都……七耿。
	獻淮寧軍節度使李相公（卷 7，頁 7b）	三四承一，就李寫……七八就淮寧結。
	長沙寓賈誼宅（卷 7，頁 8a）	一寓賈宅，二楚客，賈（誼）也。
	酬屈突陝（卷 7，頁 8b）	前六句皆寫屈突之貧，結方出「酬」字。
	送陸灃倉曹西上（卷 7，頁 9b）	一西上，二陸倉曹。
	送子壻崔真父歸長城（卷 7，頁 10a）	一送別，二子壻……七八結歸長城。

再者，劉長卿詩歌結構清晰。從全詩而言，屈復評〈經漂母墓〉：「前四漂母墓，後四經也。」（卷 2，頁 21b）以題而分為兩段。又評〈穆陵關北逢人歸漁陽〉：

> 原詩：逢君穆陵路，匹馬向桑乾。楚國蒼山古，幽州白日寒。城池百戰後，耆舊幾家殘。處處蓬蒿徧，歸人掩淚看。
>
> 詩評：前四「穆陵」、「漁陽」雙起對承，後四歸漁陽……此在初盛為平實之作，在中唐為穩稱，近世作者，止學得此一派。（卷 2，頁 21b）

按屈氏之語，該詩前半寫「穆陵」、「漁陽」，後半再寫「歸漁陽」。雖然此詩比不上初、盛唐之作，但也算妥帖工穩。換言之，該詩結構明確，適合初學。

從詩作內部而談，舉〈送李中丞歸漢陽別業〉為例，孫洙旁批：

> 流落征南將，曾驅十萬師。罷歸無舊業，老去戀明時（二句承流落）。獨立三邊靜，輕生一劍知（二句承曾驅）。茫茫江漢上，日暮欲何之（仍歸到首二字，結）。（卷 5，頁 19a）

根據孫洙的旁批，第二聯承寫第一句「流落」，第三聯承接第二句「曾驅」，最後再歸寫到首二字，作為結尾。該詩可謂篇法分明，首聯先分寫，中間兩聯則接續首聯，尾聯再作收束。此點在劉長卿七律中更加明顯，如〈戲題贈二小男〉：

> 異鄉流落頻生子，幾許悲歡並在身。欲並老容羞白髮，每看兒戲憶青春。未知門戶誰堪主，且免琴書別與人。何幸暮年方有後，舉家相對卻霑巾。
>
> 屈復評：一是二小男，二情，三四承二，五六承一，結悲歡交集。（卷 7，頁 6b）

又如〈送子壻崔真父歸長城〉：

> 送君巵酒不成歡，幼女辭家事伯鸞。桃葉宜人誠可詠，柳花如雪若為看。心憐稚子（齒）鳴環去，身愧衰顏對玉難。惆悵暮帆何處落，青山無限水漫漫。
>
> 屈復評：一送別，二子壻，三承二，四承一，五承幼女，六承伯鸞，七八結歸長城。（卷 7，頁 10a）

第一首〈戲題贈二小男〉，劉長卿首聯先寫二小男和悲歡之情，「欲並」、「每看」二句進一步說明「幾許悲歡」，「未知」、「且免」二句接寫「頻生子」，尾聯悲歡交加，點明全詩「句句是淚，淚卻是喜。」（卷 7，頁 6b）第二首〈送子壻崔真父歸長城〉同理，第一聯先分寫送別與子壻，而後「三承二，四承一」，五、六句再分別承寫前聯所提之「幼女」和「伯鸞」，尾聯結寫歸題。

從詩句而論，孫洙旁批：

> 秋草獨尋人去後（俯），寒林空見日斜時（仰）。（〈長沙過賈誼宅〉，卷 6，頁 15a）
>
> 孤城背嶺寒吹角（聞），獨戍臨江夜泊船（見）。（〈自夏口至鸚鵡洲夕望岳陽寄元中丞〉，卷 6，頁 15b）

第一則先「俯」後「仰」，屬於空間對比；第二則先「聞」後「見」，屬於感官對比。從寫作角度而言，一俯一仰，一聞一見，詩句層次分明。

要而言之，劉長卿詩歌適合初學，一方面在於劉詩緊扣詩題，另一方面在於詩歌結構清晰，無論是全詩總體佈局，還是詩歌內部章法，或是詩句間層次、角度，都有跡可尋，甚有篇法，易於學習。

第六節　今人「新編唐詩三百首」冷落劉長卿之緣由

雖然通過上述可以發現，屈復《唐詩成法》比孫洙《唐詩三百首》更適合童蒙學詩之用，然而，誠如王水照提及《唐詩三百首》是「對沈德潛《唐詩別裁集》採取『精中選精』的方針，構成選目的基礎。」〔註21〕《三百首》由於選詩較精，所選多是唐詩中膾炙人口的名篇，選詩數量也適應現今人們繁忙工作之餘的閱讀需求，而成為了當今流傳最廣的唐詩選本。〔註22〕今人多有在孫本的基礎上，再編唐詩三百首。是故，本文選出對孫本有不同程度改編的 15 本「新編唐詩三百首」（見附錄二），就此而展開論述。

欲釐清今人「新編唐詩三百首」何以冷落劉長卿，則需先明了今人選本之編選目的。不同於上述孫洙《唐詩三百首》以及屈復《唐詩成法》是為童蒙就學之用，今人選本主要是為了適合當今讀者閱讀的需求，給人以審美的享受。各家選本都有相同的宗旨，茲錄四條於下：

在這樣的詩歌海洋中遨遊流連，不啻是最賞心悅目，也是最

〔註21〕王水照：〈永遠的唐詩三百首〉，《中國韻文學刊》19 卷第 1 期（2005 年 3 月），頁 1。

〔註22〕現代學者王水照、王宏林、馬茂元、趙昌平等人皆有此論，分見王水照：〈永遠的唐詩三百首〉，《中國韻文學刊》19 卷第 1 期（2005 年 3 月），頁 1。王宏林：〈論《唐詩三百首》的經典觀〉，《文藝理論研究》2013 年第 5 期（2013 年 9 月），頁 117。馬茂元、趙昌平選注：《唐詩三百首新編》（長沙：嶽麓書社，1992 年），前言，頁 1。

> 有益於身心健康的精神觀光旅遊，既能淨化心靈，又能得到審美的精神愉悅。〔註23〕

> 這（指讀唐詩）對於豐富我們的精神生活，提高我們的藝術素養，都是有益的。正是為了這個目的，我們編選了這個唐詩選本。在這個八十六家三百一十七首的唐詩選本中，我們注意突出重要作家作品，照顧各種流派風格及題材的多樣性，以期通過它能夠窺見唐代的社會面貌和唐詩的藝術成就。〔註24〕

> 這個選本力圖從歷代浩如煙海的詩篇中選出聲情並茂的佳作，使廣大讀者從中獲得審美享受和多方面的精神營養。這個選本也力圖體現中華詩歌題材、體裁、風格、流派多樣化的特點。〔註25〕

> 選其（指唐詩）精華，也可以幫助讀者對唐詩有一個大體的了解。本書的選詩標準，以思想內容健康和藝術價值上乘為主，兼顧各家流派，多種風格。〔註26〕

以上引文均強調了美學價值、欣賞價值，試圖豐富讀者的精神生活。此外，編選的目的也是為了體現唐詩的多樣性，令讀者對唐詩有大致的了解。是故，選家在編選時，注意突出重要作家的作品，並兼顧各種流派與風格。誠如馬茂元、趙昌平二人所言：

> 從唐詩客觀存在的實際出發，在可接受性的前提下，盡可能地發揮微型斷代選本的作用，選取各個時期各種不同風格流派的優秀詩篇。〔註27〕

〔註23〕彭慶生、張仁健主編：《唐詩精品》（北京：北京燕山出版社，1992年），前言，頁2。

〔註24〕武漢大學中文系古典文學教研室選注：《新選唐詩三百首》（北京：人民出版社，1980年），前言，頁12。

〔註25〕霍松林、霍有明主編：《絕妙唐詩》（長春：時代文藝出版社，2000年），前言，頁18。

〔註26〕馬世一：《唐詩三百首譯析》（長春：北方婦女兒童出版社，1997年），前言，頁1～2。

〔註27〕馬茂元、趙昌平選注：《唐詩三百首新編》，前言，頁14。

區區三百首，實難以反映出唐詩的全貌，選家只能盡量將各個時期、不同風格的詩篇呈現給讀者，起到「微型斷代」的作用，而不能面面俱到。

今人選家在論述其所選詩人時，是從某一時期或流派、風格的代表詩人的角度出發，如馬世一云：

> 從詩人看，老李杜（李白、杜甫）雙峰並峙，雄視千古；小李杜（李商隱、杜牧）異軍突起，獨樹一幟；山水田園詩派，群星麗天；邊塞詩派，蔚為大觀；白居易在中唐發起強大的新樂府運動，繼盛唐之後再度將詩歌創作推向繁榮：他們的作品，是本書選取重點；重點之外，又選錄詩人七十餘家。從風格看，李白的豪放，杜甫的沈鬱，白居易的平易，杜牧的清新，李商隱的綺麗，李賀的幽峭；以及孟浩然、王維等人的恬淡自然，高適、岑參等人的雄渾壯闊，韓愈、孟郊的追奇尚險，劉禹錫的善學民歌等等，本書都選有其代表作。〔註 28〕

再如陳引馳曰：

> 說到唐詩風格之豐富多彩……從「初唐四傑」與陳子昂，到盛唐的李白、杜甫以及王維、孟浩然、高適、岑參，到中唐的韓愈、柳宗元、白居易、劉禹錫，最後到晚唐的杜牧、李商隱等，他們天才煥發，強勢地佔據了中國古典詩人榜單前列的絕大多數席位。而在這些閃亮的名字後面，無不各有獨特的風格面貌，互相軒邈，各擅勝場，交相輝映，共同構成唐詩璀璨的星空。〔註 29〕

又如尚永亮言：

> 從《全唐詩》所錄的二千三百多家詩人的情況來看，才高思深者無慮數百位，而大家、名家即有數十位之多。由初唐的沈、宋、四傑、陳子昂，到盛唐的王、孟、李、杜、高、岑，

〔註 28〕馬世一：《唐詩三百首譯析》，前言，頁 1～2。

〔註 29〕陳引馳：《唐詩三百首》（上海：上海文藝出版社，2019 年），導言，頁 2。

再到中唐的韓、柳、元、白、劉禹錫、李賀，直到晚唐的小李、杜，無不風流挺特，氣滑高聳。〔註30〕

中唐詩人……因希望未曾斷絕而成就了「為唐詩之一大變」的韓愈、「惟歌生民病」的白居易、「高詠絕嶙峋」的柳宗元以及「平生多感慨」的一代詩豪劉禹錫。〔註31〕

首先，將表3〈今人「新編唐詩三百首」前十大詩家〉與上述引文中所提到的詩人比對，可發現前十大詩家各有獨特的面貌，如「李白的豪放，杜甫的沈鬱，白居易的平易」；再者，後兩則引文又將唐朝分為初、盛、中、晚四個時期，並羅列了每個時期的代表詩人，起到「微型斷代」的作用。

表3 今人「新編唐詩三百首」前十大詩家〔註32〕

詩人	杜甫	李白	王維	李商隱	白居易	杜牧	孟浩然	劉禹錫	王昌齡	柳宗元
今人選本選錄總數	500	416	266	215	166	168	105	95	75	62

正像尚永亮所說，大家、名家有數十位之多，而選本只有三百篇的體量，則必須考量如何選擇詩人詩篇。不難發現，初唐之詩人以及高適（704～765）、岑參（715～770），乃至韓愈（768～824）等人，今人選家都有提及，然而今人選本之前十大詩家中卻未見劉長卿之名。釐清此一問題，應可幫助我們理解今人冷落劉長卿之緣由。

程千帆（1913～2000）認為初唐主要為唐詩的改造時期。〔註33〕

〔註30〕尚永亮：《唐詩觀止》（西安：陝西人民教育出版社，1998年），前言，頁2。

〔註31〕尚永亮：《唐詩觀止》，前言，頁4～5。

〔註32〕因本文所選15本今人「新編唐詩三百首」選詩總數不一，為求數據準確，故而筆者先梳理各個選本的前十大詩家名單，再依據此名單而最終篩選出選詩數最多的前十大詩家，組成〈表3 今人「新編唐詩三百首」前十大詩家〉。

〔註33〕程千帆云：「王勃、楊炯、盧照鄰、駱賓王、沈佺期、宋之問和杜審言等，陸續登壇，這些人在當時封建秩序以及道德規範、審美觀念逐

在此期間，各類詩體得以完善，題材得以擴大，因而初唐更像是齊梁至盛唐的過渡時期。是以，從唐詩欣賞的角度來說，初唐詩人並未能擠入前十大詩家。

而至於高適、岑參，歷來被視為邊塞詩人，「王、李、高、岑」並稱是指七古而非近體詩。因此，高、岑以及李頎的邊塞詩成就主要集中在七古上。然則，李白、王維、王昌齡諸位詩人的近體邊塞詩更為膾炙人口，適應當今讀者的閱讀需求，〔註 34〕故而高、岑、李三人相對被忽視。

中唐主要有兩個詩派，一以白居易（772～846）為首，另一則是韓愈、孟郊（751～814）、李賀（790～816）等人。程千帆提到：

> 韓派詩人則繼承了杜甫在藝術上刻意求新、富於創造性的精神，而特別致力於在杜甫胸中、筆下還沒有來得及開拓的境界。在內容上，他們寫險怪，寫幽僻，寫苦澀，寫冷艷，甚至寫凶狠。在形式上，他們以散文句法入詩，並且大量使用一些非前人詩中所習見的詞語。〔註 35〕

根據程千帆的論述，韓愈等人的詩風格奇險，較為創新，形式亦不為人所熟知。相對的，白居易詩風格平易，更易被讀者接受。是故，具有通俗本性質的「唐詩三百首」自然更偏好白居易，而非是韓愈。

漸恢復正常的基礎之上，改造了宮體詩，並繼承了南朝詩人對於詩形的研究，完成了五七言律體（包括律化了的絕句——小律詩），完善了七言古體；經過他們的努力，題材和主題由宮廷的淫欲改變為都市的繁華和正常的男女之愛，由臺閣應制擴大到江山和邊塞；風格也由纖柔卑靡提高到明快清新。同時，陳子昂卻走著與這些人方式上看來相反，而在效果上相成的道路。四傑等用改造宮體詩的方法結束了『六代淫哇』，而陳子昂則用從漢魏作家汲取力量的方法來開闢唐詩的疆土。」見氏著：《程千帆新選新評新註唐詩三百首》（瀋陽：遼海出版社，2001 年），序，頁 2～3。

〔註 34〕今人「新編唐詩三百首」更偏好於近體短篇的選錄，如何嚴等人提到：「在體制上選的都是篇幅很短、容量很大、韻律很美、風格很高，足以代表唐代詩歌最新成就的近體詩，使讀者易記易誦，琅琅上口。」見何嚴、羊春秋、龍連安編著：《新編唐詩三百首》（南京：江蘇古籍出版社，1994 年），序言，頁 2。

〔註 35〕程千帆：《程千帆新選新評新註唐詩三百首》，序，頁 7。

綜上，今人「新編唐詩三百首」之編選目的：一方面試圖體現唐詩各種風格、流派，供讀者以欣賞及審美的享受；同時另一方面，今人選家欲呈現唐朝不同時期的代表詩人和詩篇，令讀者對唐詩有大致的體認，但是受到選詩數量的限制，只能盡量發揮「微型斷代」的作用，不足以涉及唐詩流變的面貌。

而劉長卿，誠如〈《唐詩品彙》選評劉長卿詩歌要旨——兼論明清對劉長卿的盛中唐歸屬〉和〈《大曆詩略》選評劉長卿詩風要旨——兼論劉長卿體氣開大曆之先〉兩章所論述的，作為「體氣開大曆之先」的詩人，他的詩作具有上承盛唐、下啟中晚的意義。劉長卿雖然是大曆詩風的代表，但據蔣寅研究指出：

> 大曆詩的影響大體只在中唐，遠不出晚唐。這在中國詩史上是很短的，但重要的是，它開了一代詩風的先聲，它是通向中唐詩的橋梁。〔註 36〕

因此，在某種程度上，和初唐一樣，劉長卿的詩歌屬於過渡性質，既不能代表盛唐氣象，亦不能體現中唐特色。另外，大曆詩歌作為盛、中唐兩大高峰間的低谷，自然不免被今人之「唐詩三百首」所忽視，劉長卿亦因此而受到今人選家的冷落。

再者，今人唐詩選本偏好以詩人選詩，本文所列 15 本今人「新編唐詩三百首」，以「詩人」分卷者有 9 本，已超過半數。上文已論述，今人選家欲呈現出不同詩人的風格或所屬流派，而劉長卿卻並沒有鮮明的詩人形象，並且名篇屈指可數，不過七律〈長沙過賈誼宅〉、五絕〈逢雪宿芙蓉山主人〉、五律〈送李中丞歸漢陽別業〉等數首而已。因此，劉長卿無緣進入今人選本前十大詩家的名單。

綜上，雖然無論是孫洙《唐詩三百首》、屈復《唐詩成法》，還是今人「新編唐詩三百首」，選詩數量都不足千首，可以說都是在唐詩精品中再選精品的選本，但是孫洙與屈復二人的選本主要用作初學者學詩，而劉長卿的詩歌有跡可尋，適合初學。觀之今人選本，主要為

〔註 36〕蔣寅：《大曆詩風》（上海：上海古籍出版社，1992 年），頁 244。

體現唐詩風格，起到「微型斷代」的作用，並非為學詩而編寫。選本目的不一，所以在孫、屈二人的選本中，劉長卿仍能躋身前十大詩家，在今人選本中則無緣挺進前十大。

第七節　結語

本章筆者透過孫洙《唐詩三百首》與屈復《唐詩成法》，談論了初學本選評劉長卿詩歌的面貌，並兼論今人「新編唐詩三百首」冷落劉長卿之緣由。

筆者梳理孫洙《唐詩三百首》與屈復《唐詩成法》後發現，二書皆注重對詩歌章法之分析，並不在意其詩歌主題重複的問題。此外，孫洙與屈復在評點劉長卿詩歌上具有較大差異，比較而言，《唐詩成法》說解更加細緻，且屈氏具體指明劉長卿詩歌的優缺點，並提出修改的意見。因此，筆者認為屈復《唐詩成法》選錄的劉長卿詩歌，更適合童蒙者學習。

此外，筆者發現劉長卿詩歌具有緊扣題意的特色，孫洙《唐詩三百首》和屈復《唐詩成法》所選劉詩，大都圍繞詩題而寫，可為初學提供範例。並且，劉長卿詩作章法清晰，有跡可尋，寫法具有程式而容易被初學掌握。

最後，筆者討論了 15 本今人「新編唐詩三百首」，從編選目的的角度，探討了劉長卿被今人忽視的原因。今人新編之唐詩三百首，更偏好風格特色鮮明之詩人詩作，並能展示出唐詩的風采，給人以審美的愉悅。同時，受到三百篇的數量限制，以及通俗本性質的設定，今人選家只能凸顯唐詩各個時期的主要特色。而劉長卿作為大曆詩人，自身既無鮮明的形象，又無顯著的流派風格，自然不能躋身今人「新編唐詩三百首」之前十大詩家。

第六章　結　論

本論文題為「明、清唐詩選本之劉長卿研究」，分別透過高棅（1350～1423）《唐詩品彙》、陸時雍（？～1640）《唐詩鏡》、沈德潛（1673～1769）《唐詩別裁集》、喬億（1702～1788）《大曆詩略》、孫洙（1711～1778）《唐詩三百首》、屈復（1668～1745）《唐詩成法》和15 本今人「新編唐詩三百首」，以及相關詩話，探討劉長卿（725～789）相關問題。以下綜合各章的討論，概述研究心得。

第一節　明、清選家選評劉長卿的獨特性

一、高棅《唐詩品彙》關注劉長卿之時代歸屬

高棅《唐詩品彙》選錄唐代作者 620 人，詩歌 5769 首，可謂數量龐大，匯集了唐詩中不可或缺者。其分四唐而定九品，列初唐為「正始」，盛唐為「正宗」、「大家」、「名家」、「羽翼」，中唐為「接武」，晚唐則為「正變」、「餘響」。從品目名稱上看，「正宗」是唐詩典範，與「名家」共同構成唐詩的根本，而「羽翼」則略遜，但亦能反映出盛世之音。可見，高棅的四唐詩觀中，盛唐是核心，初、中、晚三唐皆是圍繞盛唐而言。

高棅認為劉長卿五古「特立與時異」，〔註1〕可接跡盛唐，「列之於名家無復異議」。〔註2〕七律則因與前諸家「品格亦近似」而列為羽翼，其餘詩體則因仍能承繼盛唐而被歸為中唐之接武。高棅曾云：「審其（指唐詩）變而歸於正。」〔註3〕通過觀察唐詩的變化，最終歸於盛唐之正。而中唐被定為「接武」，顧名思義，雖然詩風已變，但仍可紹述盛唐，有承繼持守之功，其地位亦在於此。因此，在高棅的四唐詩觀中，劉長卿是一個盛、中唐詩歌轉變過程中的重要人物。從選詩數量來看，高棅選錄劉長卿詩歌 172 首，遠超中唐諸人，且諸體皆選。由此可知，劉長卿作為盛中交界之詩人，而受到高棅的看重。

另外，從選詩數量而言，劉長卿排第 3 名（172 首），位於詩人王維（692～761，167 首）、錢起（722？～780，148 首）之前。但是王維五絕、五律、五排、七律均屬於正宗，五古與七古列為名家，七絕則列入羽翼，皆是盛唐範疇。結合高棅對王維的品目安排及論述，可發現，高氏對於王維的評價是高於劉長卿的。之所以王維的選錄數量比劉長卿少，是因為《唐詩品彙》近六千首，而王維的詩歌總數又比劉長卿少，尤其在七言詩的部分。到了高棅選詩僅 933 首的《唐詩正聲》中，王維詩被選錄 56 首，多於劉長卿詩 48 首。可見，選本選詩總數確實影響到王維詩歌的選入量。

至於錢起，亦是同理。高棅《唐詩品彙》在分卷論述時，均並稱劉長卿、錢起，且安排在同一卷。因此，與劉長卿一致，錢起的五古、七律，分別為盛唐名家和羽翼，七古、五律、五排、五絕、七絕則同為中唐接武。高棅並未分劉長卿與錢起的高下，而是視作同一地位，皆是盛、中唐轉關之際的詩人。

〔註1〕明・高棅：《唐詩品彙》（上海：上海古籍出版社，1988 年），凡例，頁 2a。

〔註2〕明・高棅：《唐詩品彙》，五言古詩敘目，頁 10b。

〔註3〕明・高棅：《唐詩品彙》，總敘，頁 5a。

二、陸時雍《唐詩鏡》與沈德潛《唐詩別裁集》關注劉長卿之詩體

陸時雍《唐詩鏡》和沈德潛《唐詩別裁集》在選入劉長卿詩歌上有相同之處，均選五律最多，且都為 20 首。不同的是，除五律外，陸時雍《唐詩鏡》關注劉長卿之五古，而沈德潛則關注劉長卿之七律。

表 1 《唐詩鏡》與《唐詩別裁集》選劉長卿詩情況

	五古	七古	五律	五排	七律	五絕	六言	七絕	總計
《唐詩鏡》	**14**	6	**20**	9	6	4	1	4	64
《別裁》初刻本	9	6	**18**	5	**11**	3	0	6	58
《別裁》重訂本	6	4	**20**	6	**11**	3	0	4	54

陸時雍選詩主張惟情惟意，各種詩歌體裁都應擁有天然之姿，而非是人力的刻意為苦、為奇；而沈德潛在推崇宏偉壯闊的詩作之餘，亦欣賞近體詩的多樣風格。因此，陸時雍和沈德潛對劉長卿各個詩歌體裁的看法並不一致。

從評論來看，陸時雍以「鬆秀」評價劉長卿詩歌，並認為「去實而得鬆，去規模而得情趣」正是中唐詩「有勝盛唐處」。〔註 4〕陸時雍指出：「長卿五古，輕描淺抹。」〔註 5〕又以「悠然趣遠」、「語趣佳」等詞評劉之五古。〔註 6〕據陸氏之言，劉長卿五古為「淺淺得趣」之作，〔註 7〕符合其選詩旨趣。而陸時雍卻評劉長卿五律「未見其佳」、〔註 8〕甚至是「巧還傷雅」，〔註 9〕出現了劉長卿各體詩歌中五律選詩最多卻評價負面的情況。

〔註 4〕明・陸時雍選評，任文京、趙東嵐點校：《詩鏡》（保定：河北大學出版社，2010 年），卷 29，頁 807。

〔註 5〕明・陸時雍選評，任文京、趙東嵐點校：《詩鏡》，卷 29，頁 807。

〔註 6〕明・陸時雍選評，任文京、趙東嵐點校：《詩鏡》，卷 29，頁 810。

〔註 7〕明・陸時雍選評，任文京、趙東嵐點校：《詩鏡》，卷 29，頁 812。

〔註 8〕明・陸時雍選評，任文京、趙東嵐點校：《詩鏡》，卷 29，頁 817。

〔註 9〕明・陸時雍選評，任文京、趙東嵐點校：《詩鏡》，〈總論〉，頁 11。

反觀沈德潛《唐詩別裁集》，無論是初刻本，還是重訂本，沈德潛都注重劉長卿五律與七律。相較而言，劉長卿五律因「猶有前輩體段」而獲得沈德潛最多關注，特色在於「巧不傷雅」。〔註 10〕至於七律，沈德潛評價劉長卿「工絕亦秀絕」之餘，又指出劉之七律「渾厚兀奡之氣不存」，〔註 11〕但總體來說沈氏還是肯定劉長卿七律的創新性。沈德潛所批判者，恰好與陸時雍相反，沈氏認為劉長卿的古詩「頓減渾厚之氣」，〔註 12〕重訂本更又刪去劉長卿的古詩以及評語。

細究陸時雍與沈德潛選評劉長卿差異的緣由，可發現二人對中唐詩「工巧」的接受有別。陸時雍論詩強調溫柔悱惻的詩教精神，因而特別批判雕鑿刻畫之詩，以「巧出之」為中唐人之「病」。沈德潛則不同，其重詩教之雅正，指出「鯨魚碧海、巨刃摩天」的雄渾之作能「扶掖雅正」。〔註 13〕但沈氏靈活變動的詩學觀，使其注意到中唐近體詩「句意日新」的特點，認為劉長卿五律「巧不傷雅」，並又留意到劉長卿的七律。

三、喬億《大曆詩略》關注劉長卿之詩風特點

喬億所編《大曆詩略》為清代唯一一部大曆詩選本，此書突出了大曆詩歌在盛、中唐之間詩風的自然承接和衍變，凸顯了大曆詩風，並作出比較全面的選錄、評點、整理。

喬億於《大曆詩略》中云：「首卷獨劉長卿，體氣開大曆之先也。」〔註 14〕劉長卿詩歌具有盛唐遺響，風格豪邁，沈雄有力，展現出盛唐風度，然而氣象骨力不如開寶諸公。但另一方面，劉詩「清夷閒曠，

〔註 10〕清・沈德潛：《唐詩別裁集》（臺北：臺灣商務印書館，1956 年），卷 11，頁 52。

〔註 11〕清・沈德潛：《唐詩別裁集》，卷 14，頁 121。

〔註 12〕清・沈德潛：《唐詩別裁集》，卷 3，頁 63。

〔註 13〕清・沈德潛：《唐詩別裁集》，重訂序，頁 1。

〔註 14〕清・喬億編，雷恩海箋注：《大曆詩略箋釋輯評》（天津：天津古籍出版社，2008 年），原序，頁 I。

饒有怨思」，〔註 15〕在詩中反覆吟詠自身低回徘徊的心緒，顯得深悲極怨，催人淚下。同時，劉長卿常用淡緩之語，而令詩歌清夷閒曠，淒清不勁，從沈雄而變秀雅，追求詩句秀麗，表現出中唐的特色，可謂是集盛、中唐詩風於一身的詩人。

與劉長卿並稱的錢起，詩歌多用顏色字，清新華美，喬億評錢起詩「如蕊珠春色」。〔註 16〕雖然，錢起偶有雄渾之作，但喬億認為這並非是錢起的氣魄，非其本色。另一大曆詩人李益（750～830），久在沙場，生活場景與大曆詩人大不相同。其詩不減李白（701～762）之氣象，然則其貢獻主要在於七絕。要而言之，大曆詩格初變，漸失開寶渾厚之氣，不如盛唐般音調高昂，氣象恢宏。總體上，大曆詩清空疏秀，語言雅致洗練，且多數大曆詩人傾向於選擇創作五律和七律。

表 2　《大曆詩略》選錄劉長卿、李益詩歌數量

	五古	七古	五律	七律	五排	五絕	七絕	總計
劉長卿	7	4	**33**	**18**	10	4	9	85
錢起	20	4	**24**	**4**	13	6	1	72
李益	8	2	**5**	**3**	2	7	17	44
《大曆詩略》	56	32	**202**	**78**	50	42	66	526

因此，劉長卿之所以「體氣能開大曆之先」，一方面是因為劉長卿詩歌的清夷風格和詩句的鍛琢煉新，與大曆詩風相同，而同時又兼具盛唐詩風，起到過渡承接的作用。另一方面則是因為劉長卿致力於近體律詩的創作，符合大曆詩歌的發展脈絡。可以說，從劉長卿的詩作中，不難看到盛唐轉變為大曆的痕跡。

〔註 15〕清・喬億編，雷恩海箋注：《大曆詩略箋釋輯評》，卷 1，頁 87。
〔註 16〕清・喬億編，雷恩海箋注：《大曆詩略箋釋輯評》，卷 2，頁 159。

四、孫洙《唐詩三百首》與屈復《唐詩成法》關注劉長卿之詩法教學

孫洙《唐詩三百首》與屈復《唐詩成法》為童蒙學本。孫洙為彌補《千家詩》唐宋詩間雜之缺憾，為世俗兒童就學之用而編選了《唐詩三百首》。該書共選劉長卿詩歌 11 首，分別為五律 5 首、七律 3 首、五絕 3 首。屈復《唐詩成法》專選唐代五、七言律詩，論詩則重法。該書選入劉詩 19 首，分別為五律 8 首、七律 11 首，其中有 4 首詩歌與《唐詩三百首》相同。

孫洙《唐詩三百首》與屈復《唐詩成法》二書作為童蒙學本，說解時皆注重對劉長卿詩歌章法之分析，忽視劉詩主題重複的問題，偏好選錄劉展卿「貶謫」與「送別」詩。

但是，《唐詩成法》說解相比《唐詩三百首》更為細緻，於每首詩後均附有評語，詳細論述全詩之字法、句法、章法，但不作箋注。圈點方式亦多樣，有單圈「。」，有雙圈「。」等。而《唐詩三百首》只有寥寥幾字的旁批。此外，屈氏具體指明劉長卿詩歌的優勢在於詞藻清爽，含蓄不盡，而劣勢即在結句，氣勢不足，又多類同，並提出修改方案以供對比學習。因此，筆者認為屈復《唐詩成法》選錄的劉長卿詩歌，更適合童蒙者學習。

此外，今人多有在孫本的基礎上，重新編選「唐詩三百首」。各家選本都以「給人審美的享受，展示出唐詩多樣的風采，並兼顧各種流派」作為選詩宗旨，將各個時期、不同風格的詩篇呈現給讀者，令讀者對唐詩有大致的了解。但是，為了適合當今讀者閱讀的需求，選本的篇幅定在三百首上下。受到數量的限制以及通俗本性質的影響，選家只能起到「微型斷代」的作用，注重重要作家的作品，選出風格特色鮮明之詩人詩作，具體體現在名家、名作。是而，今人「新編唐詩三百首」，多以詩人分卷編排，而非以詩體，重點在於塑造詩人的形象特點。可見，今人選本之編選目的已不是為初學提供學詩門徑。

而劉長卿作為大曆詩人，自身既無鮮明的形象，又無顯著的流派風格，既不屬於邊塞詩派，又非山水田園詩人，名篇亦屈指可數，不過七律〈長沙過賈誼宅〉、五絕〈逢雪宿芙蓉山主人〉、五律〈送李中丞歸漢陽別業〉等數首而已。因此，劉長卿的詩歌難免不受到今人選家的冷落。

以上是本論文各章討論重點，接下去筆者將從明、清選本和詩話中，總結劉長卿詩歌特色。

第二節　從明清選家看劉長卿詩歌的定位

一、「五言長城」之指涉

上文已述，高棅《唐詩品彙》以盛唐為宗，在此前提下，視劉長卿五古為名家。陸時雍《唐詩鏡》也認為劉長卿五古「輕描淺抹」、「淺淺得趣」而「勝於盛唐」。〔註 17〕同樣欣賞劉長卿五古者，如清人盧世㴶（1588～1653），其云：

> 世之賞隨州者，徒以其近體已爾。而隨州五言古詩之妙，世或未之知也。〔註 18〕

盧世㴶針對詩家只讚賞劉長卿近體詩，而特地辯明劉之五言古詩亦妙，當為世所知。

此外，沈德潛《唐詩別裁集》肯定劉長卿五律「工於鑄意，巧不傷雅，猶有前輩體段」，〔註 19〕「前輩體段」即是指盛唐遺風。清代宋育仁（1858～1931）言：「（劉長卿）尤工五律，當時號為「五字長城」。」〔註 20〕可見，沈德潛與宋育仁都認同劉長卿「五言長城」是指其五言律詩。

〔註 17〕明・陸時雍選評，任文京、趙東嵐點校：《詩鏡》，卷 29，頁 807、812。

〔註 18〕清・盧世㴶：《尊水園集略》，收入《清代詩文集彙編》第 5 冊（上海：上海古籍出版社，2010 年），卷 8，頁 4b。

〔註 19〕清・沈德潛：《唐詩別裁集》第 3 冊，卷 11，頁 52。

〔註 20〕清・宋育仁：《三唐詩品》，張寅彭選輯，吳忱、楊君點校：《清詩話三編》第 10 冊（上海：上海古籍出版社），卷 2，頁 6830。

至若劉長卿的五言排律，則如：

> 賀裳（～1681～）云：排律惟初盛為工，元和以還，牽湊冗複，深可厭也，惟隨州真能接武前賢。〔註21〕
>
> 牟願相（？～？）言：劉文房五言長律，博厚深醇，不減少陵。〔註22〕

據上述引文，清人賀裳和牟願相尊劉長卿五言排律，或以為劉長卿能接武前賢，或認可其不減少陵。

以上詩家專指劉長卿五言詩某一體，亦有詩家籠統而論，茲舉例如下：

> 方弘靜（1517～1611）曰：劉長卿詩諸體與五言未見優劣，而獨以五言長城得名，蓋一時之評也。〔註23〕
>
> 喬億云：隨州「五言長城」，七律亦最佳。〔註24〕
>
> 顧安（？～？）語：隨州，中唐高手，爾時獨稱「五言長城」，其意似抑七字者為不及也，實非定論。〔註25〕

從引文中可見，明代方弘靜、清代喬億與顧安等人雖然認可劉長卿「五言長城」的稱號，但同時也指出劉長卿所擅長的不止五言詩，還有七律。

綜合上述，高棅和陸時雍重視劉長卿「五古」，沈德潛則注重劉之「五律」，明、清詩論家也多有肯定劉長卿五言詩創作者。此外，劉長卿自稱為「五言長城」，十分稱許自己五言詩的創作，其五律共216首，超過詩集的一半，這都從不同的面向詮釋劉長卿「五言長城」的稱號。

〔註21〕清・賀裳：《載酒園詩話又編》，郭紹虞編選，富壽蓀校點：《清詩話續編》（上海：上海古籍出版社，1999年），頁330～331。

〔註22〕清・牟願相：《小澥草堂雜論詩》，郭紹虞編選，富壽蓀校點：《清詩話續編》，頁919。

〔註23〕明・方弘靜：《千一錄》，收入《續修四庫全書》第1126冊（上海：上海古籍出版社，2002年），卷12，頁15a。

〔註24〕清・喬億：《劍溪說詩》，郭紹虞編選，富壽蓀校點：《清詩話續編》，卷下，頁1094。

〔註25〕清・顧安：《唐律消夏錄》（天津圖書館復康古籍館藏），卷5，頁4a。

二、盛唐本位下七律之評價

高棅除了將劉長卿五古歸為盛唐外，亦視劉長卿七律為盛唐之羽翼。不獨高棅，明代鍾惺（1574～1624）、譚元春（1586～1637）二人合編之《唐詩歸》，評劉長卿七律：「俗人泥長卿為中唐，此君盛唐也。」〔註26〕言語之間，是以盛唐稱讚劉之七律。喬億則論劉之七律「右丞、東川以下，無此韻調」，〔註27〕喬億進一步指出，劉長卿之七律，在王維和李頎（690～751）之後，獨他一人有此韻調。而沈德潛《唐詩別裁集》認為劉之七律，雖然「工絕亦秀絕」，但是「渾厚兀奡之氣不存」。〔註28〕以上皆是從盛唐本位的視角出發，討論劉長卿七律的優劣。

在明、清詩話中，明代相關評論較少，如胡震亨（1569～1645）評劉展卿七律〈獻淮寧軍節度使李相公〉：「幾欲上薄盛唐，然細按之，自是中唐詩。」胡震亨將該詩與盛唐詩作對比，指出「結語絕得王維、李頎風調」。〔註29〕至於清代詩家探討劉長卿七律相關情況，舉例如下：

> 張世煒（？～？）評：文房七律精到處，可與盛唐諸公爭雄，不止五言稱「長城」而已。〔註30〕
>
> 翁方綱（1733～1818）語：隨州七律，漸入坦迤矣。坦迤則一往易盡，此所以啟中、晚之濫觴也。〔註31〕

以上引文中，清人張世煒秉持劉長卿「可與盛唐諸公爭雄」的觀點，而盛讚其七律。但翁方綱持相反意見，認為劉長卿七律平坦綿延，容

〔註26〕明．鍾惺，明．譚元春：《唐詩歸》，收入《續修四庫全書》第1589冊，卷16，頁18b。

〔註27〕清．喬億選編，雷恩海箋注：《大曆詩略箋釋輯評》，卷1，頁63。

〔註28〕清．沈德潛：《唐詩別裁集》第3冊，卷14，頁121。

〔註29〕明．胡震亨：《唐音癸籤》，收入《景印文淵閣四庫全書》集部第421冊（臺北：臺灣商務印書館，1983年），卷10，頁6b。

〔註30〕筆者未能得見清．張世煒：《唐七律雋》，轉引自陳伯海：《唐詩匯評》上冊（杭州：浙江教育出版社，1995年），頁487。

〔註31〕清．翁方綱：《石洲詩話》，郭紹虞編選，富壽蓀校點：《清詩話續編》，卷2，頁1384。

易一洩而盡，已是中唐而非盛唐。總的來說，不管是肯定，還是貶低，詩家都以盛唐詩歌的視野，去評價劉長卿七律一體。

從詩歌發展變化的角度而言，劉長卿等人講究語言的煉飾，反倒使七律成為廣泛運用的詩體，成為唐代興盛的詩體，中唐以後七律創作數量大增（參見第三章表 3）。同時，劉長卿七律共 64 首，僅次於七律創作數量最多的杜甫（712～770）。是故，筆者以為，應當給予劉長卿七律更多的關注。

三、兼具盛、中唐詩歌特色

劉長卿因其生平經歷無確切資料記載，生卒年未定，又因其詩歌表現出兼具盛、中唐詩歌的特色，故此，詩論家對其為盛唐詩人，還是中唐詩人的看法並不一致。

明、清唐詩選本劃分劉長卿盛、中唐歸屬的情況，共有三種。第一種，將劉長卿視作盛唐詩人，但持此種看法的詩家並不多，例如清人楊逢春（1709～？）。第二種，是將劉長卿看成是盛中交界的詩人，如高棅《唐詩品彙》和鍾惺、譚元春《唐詩歸》。但不同於《唐詩品彙》，《唐詩歸》的編排體例是以詩人分，並非以詩體而分，故而劉長卿整體被編排在中唐卷目中，只能從評語中推斷，鍾、譚二人認可劉長卿七律為盛唐。第三種，是將劉長卿看作中唐詩人，此種觀點較為普遍，如碩論所探討的陸時雍《唐詩鏡》與沈德潛《唐詩別裁集》都將劉長卿置於中唐卷目中，喬億《大曆詩略》專選大曆詩，亦把劉長卿詩歌選入其中。

劉長卿詩歌中，透露出盛唐遺風者，例如〈穆陵關北逢人歸漁陽〉：

> 逢君穆陵路，匹馬向桑乾。楚國蒼山古，幽州白日寒。
> 城池百戰後，耆舊幾家殘。處處蓬蒿徧，歸人掩涙看。
> （《劉隨州集》，卷 2，頁 1b）

喬億認為「句句沈著」，〔註 32〕鍾惺評其：「壯語。」〔註 33〕該詩句句沈穩有力，第二聯更是成為千古名言，風格豪邁。

在劉詩中，既展現盛唐風度，又表現出中唐特色者，以〈長沙過賈誼宅〉為例：

> 三年謫宦此棲遲，萬古惟留楚客悲。秋草獨尋人去後，寒林空見日斜時。漢文有道恩猶薄，湘水無情弔豈知。寂寂江山搖落處，憐君何事到天涯。（《劉隨州集》，卷 9，頁 2b）

此詩明人邢昉（1590～1653）謂之：「深悲極怨，乃復妍秀溫和。」〔註 34〕前言「萬古惟留楚客悲」十分沈摯，接著卻轉入「秋草獨尋人去後，寒林空見日斜時」，變成「妍秀溫和」，「以淡緩出之」，結句並落入「憐君」之中。詩作同時表現出雄渾氣魄和秀麗溫和。

最後，《劉隨州集》中，如：「正愁帆帶雨，莫望水連雲。」（〈送裴二十一〉，卷 3，頁 13b）「律變滄江外，年加白髮中。」（〈歲日作〉，卷 1，頁 10b）「白雲留永日，黃葉減餘年。」（〈初到碧澗招明契上人〉，卷 1，頁 4b）「身隨敝履經殘雪，手綻寒衣入舊山。」（〈送靈澈上人還越中〉，卷 8，頁 11b）「孤城盡日空花落，三戶無人自鳥啼。」（〈使次安陸寄友人〉，卷 9，頁 5a）「日斜江上孤帆影，草綠湖南萬里情。」（〈登揚州西嚴寺塔〉，卷 6，頁 8b）此類詩句都屬於「刻而秀」，純然是中唐風姿。

誠如賀貽孫（1605～1688）之言：

> 劉長卿詩能以蒼秀接盛唐之緒，亦未免以新雋開中晚之風。〔註 35〕

陸次雲（～1679～）所云：

〔註 32〕清・喬億選編，雷恩海箋注：《大曆詩略箋釋輯評》，卷 1，頁 26。

〔註 33〕明・鍾惺、譚元春：《唐詩歸》，收入《續修四庫全書》第 1589 冊，卷 25，頁 6a。

〔註 34〕明・邢昉：《唐風定》（1934 年刻本，上海圖書館藏），卷 17，頁 3a。

〔註 35〕清・賀貽孫：《詩筏》，郭紹虞編選，富壽蓀校點：《清詩話續編》，頁 185。

文房在盛、晚轉關之時，最得中和之氣。〔註36〕

綜合而論，劉長卿的詩歌，一方面能延襲盛唐的法度聲律，巧不傷雅，雄渾一體；但另一方面，元氣不完，體格聲降，以新雋開啟中晚之風。劉詩能「接盛唐之緒」，這是因為他生活在盛、中轉關之際，故而身上留有盛唐遺風，但更多的還是表現出中唐詩歌的特色。

四、適宜引導初學

喬億《大曆詩略》、孫洙《唐詩三百首》和屈復《唐詩成法》都有引導後學、提供初學作詩門徑之意。

三部選本共通點為不斷點明劉長卿詩句中扣合詩題的部分，教導初學者如何掌握題旨。例如喬億句解〈銅雀臺〉之「碧雲日暮空徘徊」：「切臺」，「宮中歌舞已浮雲」：「又抱『臺』字。」〔註37〕孫洙旁批〈尋南溪常道士〉之「一路經行處」：「語語是尋」，「溪花與禪意」：「南溪道士」。〔註38〕屈復評點〈碧澗別墅喜皇甫侍御相訪〉：「一二別墅兼點時日，三四喜皇甫相訪，五六路惡，結重寫『喜』字。」〔註39〕由此可見，劉長卿詩歌切合題旨，為初學提供了寫詩扣題的範例。

此外，喬億通過評註，詳細拆解了劉長卿詩歌中的章法與字句，舉〈送惠法師遊天臺因懷智大師故居〉為例：

> 翠屏瀑水知何在（天臺），鳥道猨啼過幾重（遊）。落日獨搖金策去（送法師），深山誰向石橋逢（又抱天臺，直呼末句）。定攀巖下叢生桂，欲買雲中若箇峰。憶想東林禪誦處（知大師故居），寂寥惟聽舊時鐘。〔註40〕

〔註36〕筆者未能得見清．陸次雲：《唐詩善鳴集》，故轉引自陳伯海主編：《唐詩匯評》上冊，頁468。

〔註37〕清．喬億選編，雷恩海箋注：《大曆詩略箋釋輯評》，卷1，頁13。

〔註38〕清．孫洙編，清．陳婉俊補註：《唐詩三百首》（北京：中國書店，1991年），卷5，頁19b。

〔註39〕清．屈復：《唐詩成法》（乾隆八年（1743）江都吳家龍刻本，弱水草堂本），卷2，頁22a。

〔註40〕清．喬億選編，雷恩海箋注：《大曆詩略箋釋輯評》，卷1，頁62。

此詩首聯扣題之「天臺」、「遊」。三、四言送惠法師，並再次扣「天臺」。第四句又與末句呼應，原道出法師後接寫大師故居，順理成章，但是劉長卿又插入五、六句環境描寫之清幽。喬億認為劉詩「有步驟，有章法。」〔註 41〕

屈復同有章法分析，如〈戲題贈二小男〉：

> 異鄉流落頻生子，幾許悲歡並在身。欲並老容羞白髮，每看兒戲憶青春。未知門戶誰堪主，且免琴書別與人。何幸暮年方有後，舉家相對卻霑巾。
>
> 屈復評：一是二小男，二情，三四承二，五六承一，結悲歡交集。〔註 42〕

劉長卿先寫二小男和幾許悲歡之情，第二聯再進一步說明「幾許悲歡」，第三聯接寫「頻生子」，尾聯悲歡交集，點明全詩心情。

而即使批語簡略如孫洙《唐詩三百首》，亦指出劉詩結構，其旁批劉長卿〈長沙過賈誼宅〉之「秋草獨尋人去後」:「俯」,「寒林空見日斜時」:「仰」。〔註 43〕從空間的角度，使得詩句層次分明。

要而言之，劉長卿適宜初學：其一在於劉詩扣題，幫助初學掌握如何切題；其二在於劉詩篇法分明，有跡可尋，寫法具有程式而易於初學。

第三節　劉長卿詩歌可延伸議題

本論文以明、清唐詩選本為例，探討劉長卿相關議題，以下筆者就本論文的研究成果，概述相關延伸話題。

一、明、清選本與詩話對劉長卿絕句的關注程度

根據下表 3，對比本論文所探討的幾部唐詩選本來看，高棅《唐詩品彙》較為特殊，選錄劉長卿五、七言絕句都為最多，達 18 首。

〔註 41〕清・喬億選編，雷恩海箋注：《大曆詩略箋釋輯評》，卷 1，頁 63。
〔註 42〕清・屈復：《唐詩成法》，卷 7，頁 6b。
〔註 43〕清・孫洙編，清・陳婉俊補註：《唐詩三百首》，卷 6，頁 15a。

不過，高棅選錄劉之七古亦甚是特別，在劉長卿總共 27 首七古中，選入 20 首，遠高於其餘諸家所選。高氏對劉長卿詩體的關注角度似與諸家不同。但是，總體來說，諸家選本皆選錄劉長卿絕句較少，多數選在三、四首上下。從評論而言，例如陸時雍和沈德潛均未對劉之絕句有過多的著墨，只是簡單的解釋句意。

表 3　明、清唐詩選本劉長卿各體詩歌選錄數量（不含六言）

選　本	五古	七古	五律	五排	七律	五絕	七絕	合計
《唐詩品彙》	40	20	31	20	21	**18**	**18**	168
《唐詩鏡》	14	6	20	9	6	**4**	**4**	63
《唐詩別裁集》初刻	9	6	18	5	11	**3**	**6**	58
《唐詩別裁集》重訂	6	4	20	6	11	**3**	**4**	54
《大曆詩略》	7	4	33	10	18	**4**	**9**	85
《唐詩三百首》	0	0	5	0	3	**3**	**0**	11
《唐詩成法》	0	0	8	0	11	**0**	**0**	19
劉長卿詩歌總數	70	27	216	57	64	**29**	**38**	501

然而，明、清詩論家對劉長卿絕句評價並不低，清人賀裳云：

隨州絕句，真不減盛唐。〔註 44〕

范大士（？～？）評價劉長卿：

彷彿輞川絕句。〔註 45〕

《四庫全書總目》稱劉長卿：

諸體皆以絕句為冠，中間古體、近體亦多淆亂。〔註 46〕

賀賞認為劉長卿的絕句不輸盛唐，范大士進一步指出劉長卿絕句與王維有相似之處，《總目》更是認為劉之絕句為諸體之冠。明、清詩

〔註 44〕清・賀裳：《載酒園詩話又編》，郭紹虞編選，富壽蓀校點：《清詩話續編》，頁 330。

〔註 45〕清・范大士輯評：《歷代詩發》第 1 冊（海口：海南出版社，2000 年），卷 20，頁 1b。

〔註 46〕清・永瑢，清・紀昀等撰：《武英殿本四庫全書總目提要》第 4 冊（臺北：臺灣商務印書館，1983 年），卷 149，頁 37a。

論家可謂對劉長卿絕句評價甚高，與選家的態度不同，此一現象有待釐清。

二、錢起與劉長卿並稱的問題

前文已論述，高棅《唐詩品彙》中，劉長卿與錢起齊名，清人翁方綱亦言：「盛唐之後，中唐之初，一時雄俊，無過錢、劉。」〔註47〕可見翁方綱也並稱錢、劉。然則，在明、清詩論家眼中，錢才不及劉，如：

> 明人王世貞（1526～1590）言：「錢、劉並稱故耳，錢似不及劉。」〔註48〕
>
> 明人許學夷（1563～1633）云：「中唐雖稱『錢劉』，而錢實遜劉。」〔註49〕
>
> 清人李重華（1682～1755）曰：「大曆名手，錢不如劉。」〔註50〕

王世貞和許學夷都承認「錢劉」並稱，但也認為劉詩優於錢詩。李重華更是直言「錢不如劉」。結合明、清唐詩選本，選家卷次編排時，常將劉長卿置於「中唐第一」的地位，錢起緊隨其後，如陸時雍《唐詩鏡》、鍾惺、譚元春《唐詩歸》、沈德潛《唐詩別裁集》等。如此，明、清詩論家既認可錢遜於劉，並在編選唐詩卷目時，將劉長卿排在錢起之前。並且，劉長卿與錢起屬於同時代的詩人，何以在稱呼上謂「錢劉」而非「劉錢」？

筆者以為，這當與「錢郎」稱謂有關，舉例如下：

〔註47〕清・翁方綱：《石洲詩話》，郭紹虞編選，富壽蓀校點：《清詩話續編》，卷2，頁1384。

〔註48〕明・王世貞撰：《藝苑卮言》，清・何文煥、丁福保輯：《歷代詩話統編》第3冊（北京：北京圖書館出版社，2003年），卷4，頁5b～6a。

〔註49〕明・許學夷：《詩源辯體》（北京：人民文學出版社，1987年），頁357。

〔註50〕清・李重華：《貞一齋詩說》，丁福保編：《清詩話》下冊（上海：上海古籍出版社，1978年），頁926。

> 唐代高仲武（？～？）記載：「士林語曰：『前有沈、宋，後有錢、郎』。」〔註 51〕
>
> 宋代葛立方（？～1165）云：「錢起與郎士元齊名，時人語曰：『前有沈、宋，後有錢、郎。』」〔註 52〕
>
> 宋代錢易（968～1026）語：「大曆來，自丞相已下出使作牧，無錢起、郎士元詩祖送者，時論鄙之。」〔註 53〕

從上述引文中可見，唐、宋兩朝，與錢起並稱者，是郎士元（727～780）而非劉長卿。至明、清，劉長卿才取代郎士元，與錢起合稱，自然是稱「錢劉」。如何稱謂或不重要，然而唐宋稱「錢郎」，明清謂「錢劉」，暗含了明、清詩論家對三人的不同態度，也表現出明、清討論詩歌與唐、宋的不同視角，這背後的內涵值得深一步地挖掘。目前研究僅見檀德瑤：〈從「錢郎」到「錢劉」——合稱變化背後的文化內涵〉一篇，該文在解釋合稱背後內涵的分野時，只涉及唐朝與明代的對比，尚未涉足宋、清兩朝，〔註 54〕故此議題仍有可發力處。

三、明、清詩學對唐代七律發展的認識

孫琴安曾指出唐代七律有五個派別，分別是：「沈鬱雄壯、渾厚蒼茫」、「通俗淺近、質樸無華」、「以古入律、健拔峻峭」、「渾成一氣、興象超遠」、「華艷穠麗、設色絢爛」。其中，前三種七律風格源於杜甫，第四種以王維、李頎、高適（704～765）、岑參（715～770）為正宗，最後一種則以沈佺期（656～714）、王維、劉長卿、李商隱（813

〔註 51〕唐．高仲武：《中興間氣集》，任繼愈、傅璇琮總主編：《文津閣四庫全書》第 445 冊（北京：商務印書館，2005 年），卷上，頁 1b。

〔註 52〕宋．葛立方：《韻語陽秋》（上海：上海古籍出版社，1984 年），卷 4，頁 2b。

〔註 53〕宋．錢易撰，黃壽成點校：《南部新書》（北京：中華書局，2002 年），頁 121。

〔註 54〕檀德瑤：〈從「錢郎」到「錢劉」——合稱變化背後的文化內涵〉，《牡丹江大學學報》第 26 卷第 7 期（2017 年 7 月），頁 80～82。

～858）等為代表。〔註 55〕從孫琴安的研究中可看到，唐代七律的五個派別並非同時產生，而是在發展變化的。此外，結合本論文所言，明、清詩論家或認為劉長卿七律「可與盛唐諸公爭雄」，或以為「一往易盡」而「啟中、晚之濫觴」。沈德潛雖然批評劉長卿七律「工絕」、「秀絕」，但也以此而肯定劉七律的創新性。無論褒貶，從中都體現出唐代七律的發展脈絡。

孫琴安同時亦提到：「唐代七律眾多的派別，引起了後人極大的興趣。他們不僅在詩話中常常談及，並常常根據自己的愛好來加以選錄評箋。除了歷代的唐詩選本都選有七律一體外，專選唐七律的選本就有二十餘種，僅次於唐代的絕句選本。其中以元好問的《唐詩鼓吹》、金聖嘆的《貫華堂選批唐才子詩》、王士禎的《唐人七律神韻集》、顧有孝的《唐詩英華》、毛奇齡的《唐七律選》、胡以梅的《唐詩貫珠》較為有名。」〔註 56〕可見，明、清詩論家十分關注有唐一代的七言律詩，並給我們留下了大量的研究資料。

明人胡震亨云：

> 七言律以才藻論，則初唐必首雲卿，盛唐當推摩詰，中唐莫過文房，晚唐無出中山。〔註 57〕

清代錢良擇（1645～？）曰：

> 七言律詩始於初唐咸亨、上元間，至開、寶而作者日出。少陵崛起，集漢、魏、六朝之大成，而融為今體，實千古律詩之極則。同時諸家所作既不甚多，或對偶不能整齊，或平仄不相黏綴，上下百餘年，止少陵一人獨步而已。中唐律詩始盛。然元、白號稱大家，皆以長篇擅勝，其於七言八句，竟似無意求工。錢、劉諸公以韻致自標，多作偏枯，格中二聯，

〔註 55〕孫琴安：〈唐代七律詩的幾個主要派別〉，《上海社會科學院學術季刊》1988 年第 2 期（1988 年 7 月），頁 185～192。

〔註 56〕孫琴安：〈唐代七律詩的幾個主要派別〉，《上海社會科學院學術季刊》1988 年第 2 期（1988 年 7 月），頁 191。

〔註 57〕明．胡震亨：《唐音癸籤》，收入《景印文淵閣四庫全書》集部第 421 冊，卷 10，頁 6b。

> 或二句直下，或四句直下，漸失莊重之體。義山繼起，入少陵之室而運以穠麗，盡態極妍，故昔人謂七言律詩莫工於晚唐。〔註 58〕

趙翼（1727～1814）又言：

> 劉長卿、李義山、溫飛卿諸人，愈工雕琢，盡其才於五十六字中，而七律遂為高下通行之具，如日用飲食之不可離矣！〔註 59〕

胡震亨從才藻而論，分別舉出了四唐的四位代表詩人。而錢良擇詳細論述了唐代七律的發展過程。錢氏認為七律至中唐而開始繁盛，但尚有不工、偏枯等問題，到晚唐李商隱則承繼杜甫，又豔麗絢爛。可見，錢良擇十分稱許杜甫與李商隱的七律創作，將其二人的七律視為成熟之作。聯繫唐代詩歌創作數量（參見表 4），七律正是從中、晚唐開始，有了長足的發展，詩歌數量倍增，與錢良擇所言相呼應。結合趙翼所語，可知七律的流行，離不開劉長卿、李商隱、溫庭筠（812～870）等人的貢獻。以上引文，胡震亨、錢良擇、趙翼三人談論的角度各不相同，所認可的七律代表詩人亦不同，明、清詩論家如何認識中、晚唐七律的發展尚待梳理。目前學界對七律的研究，多立足在詩人作品的分析，從題材的開拓和藝術風格的變遷來探討唐代七言律詩的變化，前者如葉嘉瑩〈論杜甫七律之演進及其承先啟後之成就〉〔註 60〕，後者如趙謙《唐七律藝術史》〔註 61〕等，少有從選本和詩話的角度來討論，此議題仍有探討的空間。

〔註 58〕 清・錢良擇撰：《唐音審體》，丁福保輯：《清詩話》下冊，頁 783～784。

〔註 59〕 清・趙翼：《甌北詩話》，郭紹虞編選，富壽蓀校點：《清詩話續編》，卷 12，頁 1342。

〔註 60〕 葉嘉瑩：〈論杜甫七律之演進及其承先啟後之成就〉，《杜甫秋興八首集說》（石家莊：河北教育出版社，2000 年），頁 1～51。

〔註 61〕 趙謙：《唐七律藝術史》（臺北：文津出版社，1992 年）。

表 4　唐代七律數量統計〔註 62〕

	初唐	盛唐	中唐	晚唐
七律數量	72	300	1848	3683

四、明、清詩學比較

明代詩學，誠如鄔國平所云：「（明代）人們對先哲和故紙的崇拜乃至迷信正在漸漸地減退，代之以重視個人的自由思考和尋求獨特的發現。」〔註 63〕明代詩論家追求個人的特質和鮮明的特色。

以李夢陽（1472～1529）、何景明（1483～1521）為首的前七子、李攀龍（1514～1570）、王世貞（1526～1590）領導的後七子，提出「詩必盛唐」的口號後，明代極力推尊盛唐，而偏廢中、晚唐。以李攀龍《唐詩選》為例，該選本將李頎僅有的 7 首七律全部選錄，而中、晚唐詩人，除韓愈（768～824）、柳宗元（773～819）各錄一首外，其餘皆一首不選。

鄔國平指出：「自李東陽後，明代的詩文派系門牆漸嚴，各自的主張都以偏激為特徵。」〔註 64〕例如，鍾惺、譚元春《唐詩歸》以「別趣奇理」為旨歸，〔註 65〕選錄與大眾偏好不同的詩歌。再如陸時雍《唐詩鏡》曰：

> 道發聲著，情通神達，靈油油接於人而不厭……不惟其詞而惟其情，不惟其貌而惟其意，使天下聞聲而志起，意喻而道行。〔註 66〕

〔註 62〕施子愉：〈唐代科舉制度與五言詩的關係〉，《東方雜誌》第 40 卷第 8 期（1944 年 4 月），頁 39。

〔註 63〕鄔國平：《竟陵派與明代文學批評》（上海：上海古籍出版社，2004 年），頁 4。

〔註 64〕鄔國平：《竟陵派與明代文學批評》，頁 4。

〔註 65〕明．鍾惺，明．譚元春：《唐詩歸》，收入《續修四庫全書》第 1589 冊，卷 16，頁 19a。

〔註 66〕明．陸時雍選評，任文京、趙東嵐點校：《詩鏡》，原序，頁 2。

陸時雍認為由情而發出聲者，才能恢復天下之志而道行。陸時雍主張「惟情惟意」，自是十分偏狹而籠統，但也極具個人風格。

相較而言，清代的詩論更為客觀。清代依然推崇盛唐，但並不忽略中、晚唐，同時也有專選中、晚唐詩歌的選本，如李懷民（1738～1793）《重訂中晚唐詩主客圖》、〔註 67〕杜紹（1666～1736）、杜庭珠（？～？）合編《中晚唐詩叩彈集》。〔註 68〕舉例沈德潛《唐詩別裁集》，沈氏云：

> 有唐一代詩，凡流傳至今者，自大家名家而外，即旁蹊曲徑，亦各有精神面目，流行其間，不得謂正變盛衰不同，而變者衰者可盡廢也。〔註 69〕

> 初唐英華乍啟，門戶未開，不用意而自勝。後此摩詰、東川，舂容大雅；時崔司勛、高散騎、岑補闕諸公，實為同調，而大曆十子及劉賓客、柳柳州，其紹述也。少陵胸次閎闊，議論開闢，一時盡掩諸家。而義山詠史，其餘響也。外是曲徑旁門，雅非正軌，雖有搜羅，概從其略。〔註 70〕

從引文來看，沈德潛已注意到詩歌的「正體」與「變體」，但他並不以此論定詩歌優劣，而是認為各有精神面目不可廢。具體來說，沈德潛留意到唐代各個時期，除了初、盛唐之外，亦論及中唐大曆十子、劉禹錫（稱劉賓客，772～842）、柳宗元，晚唐李商隱等人。即使是「雅非正軌」的詩歌，沈德潛也有收錄，存其崖略，並不因個人喜好而忽略。總體而言，沈德潛論述詳細，評價公允，與上文所提李攀龍尊盛唐而廢中晚、只選詩而無評語的《唐詩選》，形成鮮明對比。

總之，明、清詩論家雖然都以盛唐為尊，但對於中、晚唐詩的接受度卻有不同。此外，明代選家追求個人風格，選詩宗旨和清代選家

〔註 67〕清・李懷民輯評，張耕點校：《重訂中晚唐詩主客圖》（北京：中華書局，2018 年）。

〔註 68〕清・杜紹，清・杜庭珠：《中晚唐詩叩彈集》，收入《四庫全書存目叢書》集部第 406 冊（臺南：莊嚴文化事業有限公司，1997 年）。

〔註 69〕清・沈德潛：《唐詩別裁集》，原序，頁 1。

〔註 70〕清・沈德潛：《唐詩別裁集》，凡例，頁 3。

大不相同。相對來說，清代詩論家更為客觀，能公平地看待唐代各個時期詩歌的優劣。若能進一步釐清明、清詩學的差異和緣由，當有助於我們把握唐詩在明、清兩朝的影響。

五、大曆江南詩人詩風變化

查屏球已注意到，詩僧皎然（730～799）以大曆末年為界，將江南詩人的創作分成前後兩個階段，否定他們前期的風格，而對後期的作品卻充分肯定。同時，在大曆與貞元年間，詩壇上發生了兩件大事：一是大曆四年（769）代宗（727～779）下詔給王縉（700～781）徵集王維詩歌入內庫收藏，二是貞元八年（792）德宗（742～805）令地方官于頔（？～？）徵集皎然文集入集賢書院收藏。查屏球認為，這兩件事恰好對應了大曆江南詩人群前後期創作風格的轉變，而皎然的批評正表明大曆年間江南詩風與京城詩風仍是一致的。〔註 71〕筆者根據查屏球的研究，將大曆江南詩人的詩風分為前期和後期兩個部分。

（一）大曆江南詩人前期詩風與王維的關係

承接上文，大曆江南詩人前期與京城詩人一致體現在對於王維詩風的追求上，江南詩人詩歌風格如：

> 明代胡應麟（1551～1602）云：「蘇州五言古優入盛唐，近體婉約有致，然自是大曆聲口，與王、孟稍不同。」〔註 72〕
>
> 清人潘德輿（1785～1839）曰：「隨州古近體清妙，可與王、孟埒。」〔註 73〕

〔註 71〕查屏球：〈江南詩人與大曆貞元詩風之變〉，《從游士到儒士——漢唐士風與文風論稿》（上海：復旦大學出版社，2005 年），頁 485～488。

〔註 72〕明．胡應麟：《詩藪》（臺北：文馨出版社，1973 年），內編卷 4，頁 67。

〔註 73〕清．潘德輿：《養一齋詩話》，郭紹虞編選，富壽蓀校點：《清詩話續編》，卷 4，頁 2063。

> 清代吳烶（？～？）言皇甫冉（716～769）〈山館〉：「摩詰〈鹿柴〉後二句相似，但王深厚，皇淺淡，中、盛之分也。」〔註 74〕

京城詩風則如：

> 沈德潛評論錢起：「仲文五言古彷彿右丞，而清秀彌甚。然右丞所以高出者，能沖和，能渾厚也。」〔註 75〕
>
> 喬億評價郎士元〈送楊中丞和蕃〉：「五六渾闊，不減右丞邊塞諸詩。」〔註 76〕

從上述五則引文中可見，無論是江南詩人，還是京城詩人，詩風或清妙，或婉約，或渾闊，都與王維有相似之處，但又與王維稍有不同，例如胡應麟認為韋應物（世稱韋蘇州，737～792）還是大曆語氣，吳烶指出皇甫冉詩淺淡而王維詩深厚。故此，筆者以為，一方面可以探究大曆詩人在哪些部分表現出與王維相似的特性，同時又是如何體現出和王維詩風相似卻不同，在此基礎上當能繼而深究大曆詩與盛唐詩的異同；另一方面，誠然大曆江南詩人同京城詩人在詩風上有類似的地方，但畢竟京城詩人與元載（713～777）、王縉集團關係密切，〔註 77〕在詩歌內容和審美趣味上必然與江南詩人有所區別，即使是與南渡前的劉長卿、韋應物等人。更何況，江南詩人群體後期詩風已發生變化，因而也可討論江南詩人與京城詩人詩作的異同。

（二）大曆江南詩人後期詩風

大曆江南詩人受到江南民俗與風物的影響，〔註 78〕後期詩風發生

〔註 74〕清・吳烶：《唐詩選勝直解》（哈佛大學燕京圖書館藏），五言絕句，頁 17a。

〔註 75〕清・沈德潛：《唐詩別裁集》，卷 3，頁 64。

〔註 76〕清・喬億選編，雷恩海箋注：《大曆詩略箋釋輯評》，卷 3，頁 193。

〔註 77〕查屏球已分析大曆京城詩人的創作與元、王集團之間的關係。見氏著：〈元、王集團與大曆京城詩風〉，《從游士到儒士——漢唐士風與文風論稿》，頁 466～483。

〔註 78〕江南地域文化對大曆江南詩人的影響，可參見查屏球：〈江南詩人與

了改變。皎然曾云：「律家之流，拘而多忌，失於自然，吾嘗所病也。」〔註 79〕可見，江南詩人在後期已嘗試跳脫格律的規範進行近體詩的創作。

此外，依據趙昌平統計：「吳中派七人今存近體詩約 530 首，其中用拗體者約 107 首，近 20%，這個比例是大曆十才子的 2.3 倍，比善於用拗的杜甫（12%）也高出許多。」〔註 80〕例如朱放（？～？）〈遊石澗寺〉：

> 聞道幽深石澗寺，不逢流水亦難知。莫道山僧無伴侶，獼猴長在古松枝。〔註 81〕

分析該詩格律，第二句「逢」、「水」二字與第三句「道」、「僧」已失黏，再而又影響到末句第二字和第四字的平仄。

誠如游國恩所言：「顧中唐以前之詩，大抵多偏於情感，雖不謂其全無意思，但以意為主之詩則極鮮見……中唐以後因文學之自然趨勢及反動，詩之形質漸起變化，而與前此迥異。」〔註 82〕可知除了地理、時代等外部因素外，尚可從文學內部，即「詩之形質」的角度，討論江南詩人後期的詩歌是如何變化的。

此外，皎然論「淡俗」：「此道如夏姬當爐，似蕩而貞。採吳楚之風，雖俗而正。」〔註 83〕趙昌平也指出，白居易（772～846）之「上怪落聲韻，下嫌拙言詞」，以及〈白氏長慶集後序〉稱「拙音狂句亦已

大曆貞元詩風之變〉，《從游士到儒士——漢唐士風與文風論稿》，頁 483～507。趙昌平：〈「吳中詩派」與中唐詩歌〉，《中國社會科學》1984 年第 4 期（1984 年 7 月），頁 191～212。

〔註 79〕唐・皎然：《詩議》，張伯偉編撰：《全唐五代詩格校考》（西安：陝西人民教育出版社，1996 年），頁 181。

〔註 80〕趙昌平：〈「吳中詩派」與中唐詩歌〉，《中國社會科學》1984 年第 4 期（1984 年 7 月），頁 202。

〔註 81〕唐・朱放：〈遊石澗寺〉，清・聖祖御定：《全唐詩》第 5 冊（臺北：文史哲出版社，1987 年），卷 315，頁 3542。

〔註 82〕游國恩：〈論山谷詩淵源〉，《游國恩學術論文集》（北京：中華書局，1989 年），頁 426。

〔註 83〕唐・皎然：《詩式》，張伯偉編撰：《全唐五代詩格校考》，頁 214。

多矣」，二條與皎然三格四品所論正相一致。〔註 84〕江南詩人採納吳歌，寫作俗體詩，例如長短句樂府歌行，白居易又有〈讀僧靈澈〉等詩，或可據此而進一步探討大曆江南詩人群體對於元白詩派的影響。

本論文討論了明、清選本中所體現出的劉長卿時代定位、詩歌風格、擅長詩體等問題，並回答劉長卿被今人忽視的原因，重點在於分析明、清詩論家對劉長卿的評價。本文鮮有涉及唐、宋兩朝的評論，目前學界也僅見暨南大學王玉蓉的碩論《唐宋時期劉長卿詩歌傳播接受史研究》有所涉足。倘若能進一步釐清劉長卿的接受史，掌握不同時期所側重劉長卿詩歌的不同面向，當能更好地理解劉長卿的詩史意義，了解劉長卿在盛、中唐轉折之際起到的作用。本論文確有許多不足之處，日後擬以現有研究結果為基礎，研讀更多選本和詩話等資料，就上述議題而繼續厚植深耕。

〔註 84〕趙昌平：〈「吳中詩派」與中唐詩歌〉，《中國社會科學》1984 年第 4 期（1984 年 7 月），頁 209。

參考文獻

一、傳統文獻

1. 唐‧王維撰，清‧趙殿成箋注：《王右丞集箋注》，收入《景印文淵閣四庫全書》第 1071 冊，臺北：臺灣商務印書館，1983 年。
2. 唐‧房玄齡等奉敕撰：《晉書》，《景印文淵閣四庫全書》第 256 冊，臺北：臺灣商務印書館，1983 年。
3. 唐‧姚合：《極玄集》，傅璇琮編撰：《唐人選唐詩新編》，臺北：文史哲出版社，1999 年。
4. 唐‧高仲武：《中興間氣集》，任繼愈、傅璇琮總主編：《文津閣四庫全書》第 445 冊，北京：商務印書館，2005 年。
5. 唐‧皎然：《詩議》，張伯偉編撰：《全唐五代詩格校考》，西安：陝西人民教育出版社，1996 年。
6. 唐‧皎然：《詩式》，張伯偉編撰：《全唐五代詩格校考》，西安：陝西人民教育出版社，1996 年。
7. 唐‧劉長卿：《劉隨州集》，收入《景印文淵閣四庫全書》第 1072 冊，臺北：臺灣商務印書館，1983 年。
8. 唐‧劉長卿原著，阮廷瑜著：《劉隨州詩集校注》，臺北：五南圖書出版公司，2012 年。

9. 唐・劉長卿原著，楊世明著：《劉長卿集編年校注》，北京：人民文學出版社，1999 年。
10. 唐・劉長卿原著，儲仲君著：《劉長卿詩編年箋注》，北京：中華書局，1996 年。
11. 唐・錢起：《錢仲文集》，收入《景印文淵閣四庫全書》第 1072 冊，臺北：臺灣商務印書館，1983 年。
12. 宋・范晞文：《對床夜語》，北京：中華書局，1985 年。
13. 宋・計有功：《唐詩紀事》，收入《景印文淵閣四庫全書》第 1479 冊，臺北：臺灣商務印書館，1983 年。
14. 宋・張戒：《歲寒堂詩話》，清・何文煥、丁福保：《歷代詩話續編》第 1 冊，北京：北京圖書館出版社，2003 年。
15. 宋・葛立方：《韻語陽秋》，上海：上海古籍出版社，1984 年。
16. 宋・黃徹：《䂬溪詩話》，丁福保輯：《歷代詩話續編》上冊，北京：北京圖書館出版社，2003 年。
17. 宋・歐陽修、宋祁等撰：《新唐書》第 1 冊，臺北：臺灣商務印書館，1988 年。
18. 宋・錢易撰，黃壽成點校：《南部新書》，北京：中華書局，2002 年。
19. 元・方回選評，李慶甲集評校點：《瀛奎律髓彙評》下冊，上海：上海古籍出版社，2008 年。
20. 元・辛文房撰，傅璇琮主編：《唐才子傳箋證》，北京：中華書局，2000 年。
21. 明・王世貞：《藝苑卮言》，清・何文煥、丁福保輯：《歷代詩話統編》第 3 冊，北京：北京圖書館，2003 年。
22. 明・方弘靜：《千一錄》，收入《續修四庫全書》第 1126 冊，上海：上海古籍出版社，2002 年。
23. 明・邢昉：《唐風定》，1934 年刻本，上海圖書館藏。

24. 明．周珽：《刪補唐詩選脈箋釋會通評林》，收入《四庫全書存目叢書補編》，濟南：齊魯書社，2001 年。
25. 明．胡震亨：《唐音癸籤》，《景印文淵閣四庫全書》集部第 421 冊，臺北：臺灣商務印書館，1983 年。
26. 明．胡應麟：《詩藪》，臺北：文馨出版社，1973 年。
27. 明．高棅：《唐詩品彙》，上海：上海古籍出版社，1988 年。
28. 明．高棅輯選，明．吳中珩校訂：《唐詩正聲》，帝城書坊藏版，早稻田大學圖書館藏。
29. 明．陸時雍選評，任文京、趙東嵐點校：《詩鏡》，保定：河北大學出版社，2010 年。
30. 明．許學夷：《詩源辯體》，北京：人民文學出版社，1987 年。
31. 明．楊士奇：《東里文集》，萬曆戊午刊本，哈佛大學燕京圖書館藏。
32. 明．鍾惺，明．譚元春：《唐詩歸》，收入《續修四庫全書》第 1589 冊，上海：上海古籍出版社，2002 年。
33. 清．王士禎口授，清．何世璂述：《然鐙記聞》，丁福保編：《清詩話》上冊，上海：上海古籍出版社，1978 年。
34. 清．王壽昌：《小清華園詩談》，郭紹虞編選，富壽蓀校點：《清詩話續編》，上海：上海古籍出版社，1999 年。
35. 清．王闓運：《王闓運手批唐詩選》，上海：上海古籍出版社，1989 年。
36. 清．方東樹：《昭昧詹言》，臺北：漢京文化事業有限公司，1985 年。
37. 清．毛先舒：《詩辯坻》，郭紹虞編選，富壽蓀校點：《清詩話續編》，上海：上海古籍出版社，1999 年。
38. 清．毛奇齡論定，清．王錫等輯：《唐七律選》，暨南大學圖書館編：《中國古籍珍本叢刊》第 28 冊，北京：國家圖書館出版社，2018 年。

39. 清・永瑢，清・紀昀等撰：《武英殿本四庫全書總目提要》第 4 冊，臺北：臺灣商務印書館，1983 年。
40. 清・永瑢，清・紀昀等撰：《武英殿本四庫全書總目提要》第 5 冊，臺北：臺灣商務印書館，1983 年。
41. 清・牟願相：《小澥草堂雜論詩》，郭紹虞編選，富壽蓀校點：《清詩話續編》，上海：上海古籍出版社，1999 年。
42. 清・成觀宣：《寶應縣誌》，湯氏沐華堂藏板，1840 年。
43. 清・李因培：《唐詩觀瀾集》，本衙藏版，乾隆己卯新鐫，哈佛大學燕京圖書館藏。
44. 清・宋育仁：《三唐詩品》，張寅彭選輯，吳忱、楊焄點校：《清詩話三編》第 10 冊，上海：上海古籍出版社，2014 年。
45. 清・李重華：《貞一齋詩說》，丁福保編：《清詩話》下冊，上海：上海古籍出版社，1978 年。
46. 清・杜紹，清・杜庭珠：《中晚唐詩叩彈集》，收入《四庫全書存目叢書》集部第 406 冊，臺南：莊嚴文化事業有限公司，1997 年。
47. 清・吳喬：《圍爐詩話》，臺北：廣文書局，1973 年。
48. 清・吳烶：《唐詩選勝直解》，哈佛大學燕京圖書館藏。
49. 清・沈德潛：《唐詩別裁集》，臺北：臺灣商務印書館，1956 年。
50. 清・沈德潛：《唐詩別裁集（初刻本）》，中國國家圖書館藏，康熙 56 年刻本。
51. 清・沈德潛：《說詩晬語》，清・何文煥、丁福保輯：《歷代詩話統編》第 4 冊，北京：北京圖書館出版社，2003 年。
52. 清・李懷民輯評，張耕點校：《重訂中晚唐詩主客圖》，北京：中華書局，2018 年。
53. 清・范大士：《歷代詩發》第 1 冊，海口：海南出版社，2000 年。
54. 清・屈復：《唐詩成法》，乾隆八年（1743）江都吳家龍刻本，弱水草堂本。

55. 清．翁方綱：《石洲詩話》，郭紹虞編選，富壽蓀校點：《清詩話續編》，上海：上海古籍出版社，1999 年。
56. 清．高步瀛：《全本唐宋詩舉要》，北京：中國書店，2014 年。
57. 清．孫洙編，清．陳婉俊補註：《唐詩三百首》，北京：中國書店，1991 年。
58. 清．黄生：《唐詩摘鈔》，諸偉奇主編：《黄生全集》第 3 冊，合肥：安徽大學出版社，2009 年。
59. 清．賀貽孫：《詩筏》，郭紹虞編選，富壽蓀校點：《清詩話續編》，上海：上海古籍出版社，1999 年。
60. 清．賀裳：《載酒園詩話又編》，郭紹虞編選，富壽蓀校點：《清詩話續編》，上海：上海古籍出版社，1999 年。
61. 清．董誥等輯：《欽定全唐文》，收入《續修四庫全書》第 1642 冊，上海：上海古籍出版社，2002 年。
62. 清．喬億選編，雷恩海箋注：《大曆詩略箋釋輯評》，天津：天津古籍出版社，2008 年。
63. 清．喬億：《劍溪說詩》，郭紹虞編選，富壽蓀校點：《清詩話續編》，上海：上海古籍出版社，1999 年。
64. 清．喬億：《劍溪文略》，收入國家清史編纂委員會：《清代詩文集彙編》第 299 冊，上海：上海古籍出版社，2011 年。
65. 清．喬億：《小獨秀齋詩》，四庫未收書輯刊編纂委員會編：《四庫未收書輯刊》集部 10 輯第 28 冊，北京：北京出版社，1997 年。
66. 清．聖祖御定：《全唐詩》第 5 冊，臺北：文史哲出版社，1987 年。
67. 清．楊逢春：《唐詩繹》，紉香書屋藏板，哈佛大學燕京圖書館藏。
68. 清．葉燮：《原詩》，丁福保編：《清詩話》下冊，上海：上海古籍出版社，1978 年。
69. 清．趙翼：《甌北詩話》，郭紹虞編選，富壽蓀校點：《清詩話續編》，上海：上海古籍出版社，1999 年。

70. 清・潘德輿：《養一齋詩話》，郭紹虞編選，富壽蓀校點：《清詩話續編》，上海：上海古籍出版社，1999 年。
71. 清・盧文弨：《抱經堂文集》第 2 冊，北京：中華書局，1985 年。
72. 清・錢良擇撰：《唐音審體》，丁福保輯：《清詩話》下冊，上海：上海古籍出版社，1978 年。
73. 清・盧世㴶：《尊水園集略》，收入《清代詩文集彙編》第 5 冊，上海：上海古籍出版社，2010 年。
74. 清・蘅塘退士編選，張忠綱評注：《唐詩三百首評注》，濟南：齊魯書社，1998 年。
75. 清・蘅塘退士編選，金性堯注：《唐詩三百首新注》，上海：上海古籍出版社，1992 年。
76. 清・顧安：《唐律消夏錄》，天津圖書館復康古籍館藏。

二、近人論著

1. 王兆鵬：《唐詩排行榜》，北京：中華書局，2011 年。
2. 中國唐代文學學會等主編：《唐代文學研究》第三輯，廣西：廣西師範大學出版社，1992 年。
3. 中國唐代文學學會等主編：《唐代文學研究》第五輯，廣西：廣西師範大學出版社，1994 年。
4. 中華書局編輯：《新編唐詩三百首》，北京：中華書局，1958 年。
5. 王運熙、顧易生等主編：《中國文學批評通史》，上海：上海古籍出版社，1996 年。
6. 北京大學中國古文獻研究中心編：《北京大學中國古文獻研究中心集刊》第七輯，北京：北京大學出版社，2008 年。
7. 西北大學學報編輯部：《唐代文學論叢》，西安：陝西人民出版社，1982 年。
8. 吳相洲：《中唐詩文新變》，臺北：商鼎文化出版社，1996 年。
9. 吳相洲：《唐詩十三論》，北京：學苑出版社，2002 年。

10. 吳經熊著，徐誠斌譯：《唐詩四季》，臺北：洪範書店，2003 年。
11. 何嚴、羊春秋、龍連安編著：《新編唐詩三百首》，南京：江蘇古籍出版社，1994 年。
12. 孟二冬：《中唐詩歌之開拓與新變》，北京：北京大學出版社，2006 年。
13. 房日晰：《唐詩比較研究》，合肥：安徽大學出版社，2005 年。
14. 房日晰：《唐詩比較論》，西安：三秦出版社，1998 年。
15. 尚永亮：《唐詩觀止》，西安：陝西人民教育出版社，1998 年。
16. 林庚：《唐詩綜論》，北京：清華大學出版社，2006 年。
17. 武漢大學中文系古典文學教研室選注：《新選唐詩三百首》，北京：人民出版社，1980 年。
18. 尚學峰、過常寶、郭英德：《中國古典文學接受史》，濟南：山東教育出版社，2000 年。
19. 周勳初：《唐詩縱橫談》，北京：北京出版社，2016 年。
20. 查屏球：《從游士到儒士：漢唐士風與文風論稿》，上海：復旦大學出版社，2005 年。
21. 查屏球：《唐學與唐詩：中晚唐詩風的一種文化考察》，北京：商務印書館，2000 年。
22. 俞陛雲：《詩境淺說》，北京：中華書局，2010 年。
23. 馬世一：《唐詩三百首譯析》，長春：北方婦女兒童出版社，1997 年。
24. 馬茂元、趙昌平選注：《唐詩三百首新編》，長沙：嶽麓書社，1992 年。
25. 孫春青：《明代唐詩學》，上海：上海古籍出版社，2006 年。
26. 孫琴安：《唐詩與政治》，上海：上海人民出版社，2003 年。
27. 孫琴安：《唐詩選本提要》，上海：上海書店出版社，2005 年。
28. 陳引馳：《唐詩三百首》，上海：上海文藝出版社，2019 年。

29. 陳伯海、蔣哲倫主編：《中國詩學史》，廈門：鷺江出版社，2002年。
30. 陳伯海：《唐詩學引論》，上海：東方出版社，1988年。
31. 陳美朱：《明清唐詩選本之杜詩選評比較》，臺北：學生書局，2015年。
32. 陳為甫：《新讀唐百家詩選》，臺北：漢藝色研文化事業有限公司，2002年。
33. 許清雲：《唐詩三百首新編》，臺北：文津出版社，2005年。
34. 陳順智：《劉長卿詩歌透視》，武漢：湖北人民出版社，1994年。
35. 陳耀南：《唐詩新賞》，香港：三聯書局出版社，2006年。
36. 程千帆：《程千帆新選新評新註唐詩三百首》，瀋陽：遼海出版社，2001年。
37. 葛兆光：《唐詩選注》，新北：聯經出版事業股份有限公司，2020年。
38. 萬曼：《唐集敘錄》，北京：中華書局，1980年。
39. 游國恩：《游國恩學術論文集》，北京：中華書局，1989年。
40. 游國恩：《中國文學史》，北京：人民文學出版社，1979年。
41. 葛曉音：《唐詩流變論要》，北京：商務印書館，2017年。
42. 葛曉音：《新編唐詩三百首》，衡水：河北大學出版社，1996年。
43. 彭慶生、張仁健主編：《唐詩精品》，北京：北京燕山出版社，1992年。
44. 葉嘉瑩：《杜甫秋興八首集說》，石家莊：河北教育出版社，2000年。
45. 葉慶炳：《中國文學史》，臺北：臺灣學生書局，1982年。
46. 傅璇琮：《唐代詩人叢考》，北京：中華書局，1980年。
47. 賀嚴：《清代唐詩選本研究》，北京：中國社會科學出版社，2007年。

48. 聞一多著：《唐詩大系》，王立信主編：《聞一多文集》，海口：海南國際新聞出版中心，1997 年。
49. 鄔國平：《竟陵派與明代文學批評》，上海：上海古籍出版社，2004 年。
50. 鄒雲湖：《中國選本批評》，上海：上海三聯書店，2002 年。
51. 蔣寅：《百代之中：中唐的詩歌史意義》，北京：北京大學出版社，2013 年。
52. 蔣寅：《大曆詩人研究》，北京：中華書局，1995 年。
53. 蔣寅：《大曆詩風》，上海：上海古籍出版社，1992 年。
54. 蔣寅：《日本學者中國詩學論集》，南京：鳳凰出版社，2008 年。
55. 蔡瑜：《高棅詩學研究》，臺北：國立臺灣大學出版委員會，1990 年。
56. 趙謙：《唐七律藝術史》，臺北：文津出版社，1992 年。
57. 劉大杰：《中國文學發展史》，臺北：莊嚴出版社，1983 年。
58. 劉士林：《中國詩學精神》，鄭州：河南人民出版社，1999 年。
59. 魯迅：《魯迅全集》，北京：人民出版社，2005 年。
60. 潘殊閑：《唐宋文學論稿》，成都：巴蜀書社，2010 年。
61. 霍松林主編：《中國詩論史》，合肥：黃山書社，2007 年。
62. 霍松林、霍有明主編：《絕妙唐詩》，長春：時代文藝出版社，2000 年。
63. 日本．川合康三著，劉維治、張劍、蔣寅翻譯：《終南山的變容：中唐文學論集》，上海：上海古籍出版社，2013 年。
64. 美國．宇文所安著，陳引馳、陳磊譯：《中國「中世紀」的終結：中唐文學文化論集》，北京：生活．讀書．新知三聯書店，2006 年。

三、學位論文

1. 王丹：《劉長卿山水詩藝術風貌研究》，湘潭大學中國古代文學碩士學位論文，2007 年。

2. 王玉蓉:《唐宋時期劉長卿詩歌傳播接受史研究》,暨南大學中國古代文學碩士論文,2010 年。
3. 王菁:《屈復唐詩批評研究》,江西師範大學古代文學碩士論文,2015 年。
4. 朱若陽:《劉長卿別集版本研究》,河北大學中國古典文獻學碩士論文,2020 年。
5. 全靜然:《《唐詩三百首》:以童蒙詩學教材為中心的研究》,安徽師範大學中國古代文學碩士論文,2018 年。
6. 吳小娟:《喬億《大曆詩略》研究》,西北師範大學中國古代文學碩士論文,2012 年。
7. 李志娟:《唐詩品彙》研究,華中師範大學中國古代文學碩士論文,2009 年。
8. 林禹之:《劉長卿的政治生活與詩歌表現》,臺北市立大學中國語文學系碩士論文,2020 年。
9. 胡小勇:《佛教思想與劉長卿的詩歌創作》,湖南大學中國語言文學學院碩士論文,2009 年。
10. 張文娣:《錢起劉長卿七律研究》,山東大學中國古代文學碩士論文,2010 年。
11. 陳剛:《劉長卿詩歌意象研究》,蘇州大學中國古代文學碩士學位論文,2010 年。
12. 趙君生:《劉長卿與佛教》,西藏民族學院中國古代文學碩士論文,2009 年。
13. 趙銀芳:《入獄貶謫與劉長卿詩歌研究》,陝西師範大學中國古代文學碩士學位論文,2007 年。
14. 劉洋:《劉長卿性格中的悲劇因素對其詩歌創作的影響》,河北大學中國古代文學碩士論文,2016 年。
15. 范海玉:《劉長卿五言律詩研究》,河北大學中國古代文學碩士論文,2000 年。

16. 劉淑艷：《林鴻與高棅研究》，復旦大學中國古代文學碩士論文，2010 年。
17. 鄭佳倫：《沈德潛《唐詩別裁集》之詩觀研究》，國立中央大學中國文學系碩士論文，1999 年。
18. 羅健祐：《劉長卿七言律詩格律研究：兼論其與杜詩之異同》，國立中央大學中國文學系碩士論文，2019 年。

四、單篇論文

1. 王水照：〈永遠的唐詩三百首〉，《中國韻文學刊》19 卷第 1 期（2005 年 3 月），頁 1～3。
2. 王宏林：〈論《唐詩三百首》的經典觀〉，《文藝理論研究》2013 年第 5 期（2013 年 9 月），頁 112～118。
3. 卞孝萱、喬長阜：〈劉長卿詩初探〉，《社會科學戰線》1982 年第 4 期（1982 年 8 月），頁 276～283。
4. 申東城：〈論《唐詩品彙》的詩體正變觀〉，《安徽農業大學學報（社會科學版）》第 18 卷第 4 期（2009 年 7 月），頁 78～84。
5. 佟培基：〈劉長卿詩重出甄辨〉，《文學遺產》1993 年第 2 期（1993 年 4 月），頁 40～47。
6. 房日晰：〈劉長卿籍貫為洛陽補證〉，《中州學刊》1982 年第 2 期（1982 年 5 月），頁 95。
7. 范建明：〈關於《唐詩別裁集》的修訂及其理由——「重訂本」與「初刻本」的比較〉，《逢甲人文社會學報》第 25 期（2012 年 12 月），頁 57～74。
8. 施子愉：〈唐代科舉制度與五言詩的關係〉，《東方雜誌》第 40 卷第 8 期（1944 年 4 月），頁 37～40。
9. 胡可先：〈劉長卿事跡新證〉，《學術研究》2008 年第 6 期（2008 年 6 月），頁 148～151。
10. 柏俊才：〈《全唐詩》劉長卿重出詩歌考〉，《山西師大學報（社會科學版）》第 26 卷第 3 期（1999 年 7 月），頁 41～43。

11. 查清華：〈《唐詩品彙》的美學範式及其詩學意義〉，《上海師範大學學報（哲學社會科學版）》第38卷第1期（2009年1月），頁29～35。
12. 郜林濤：〈佛教與劉長卿的思想和創作〉，《山西大學學報（哲學社會科學版）》第24卷第6期（2001年12月），頁48～51。
13. 孫青春：〈論高棅的「正變」觀〉，《內蒙古大學學報（人文社會科學版）》第37卷第2期（2005年3月），頁68～73。
14. 孫建峰：〈劉長卿五言詩特殊體式之考述〉，《中國韻文學刊》第24卷第1期（2010年3月），頁6～9。
15. 孫琴安：〈唐代七律詩的幾個主要派別〉，《上海社會科學院學術季刊》1988年第2期（1988年7月），頁185～192。
16. 郝潤華：〈喬億及其《大曆詩略》〉，《文獻》1996年第2期（1996年4月），頁48～55。
17. 閆霞：〈文學史意識與盛唐經典觀：論高棅《唐詩品彙》〉，《文藝評論》（2012年10月），頁28～32。
18. 莫礪鋒：〈《唐詩三百首》中有宋詩嗎？〉，《文學遺產》2001年第5期（2001年9月），頁42～50+143。
19. 陳英傑：〈神韻前史：陸時雍《詩鏡》的杜詩批評與盛唐圖像〉，《政大中文學報》第29卷（2018年6月），81～126。
20. 陳美朱：〈《唐詩別裁集》與《唐詩三百首》中的杜牧、李商隱形象——兼論兩部選本的選詩旨趣〉，《東海中文學報》第37卷（2019年6月），頁49～81。
21. 陳美朱：〈論《唐詩別裁集》的「諸體兼善」說〉，《人文中國學報》第28卷（2019年6月），頁131～152。
22. 張俐盈：〈從重「情韻」到好「高大」：論陸時雍、沈德潛詩學承變關係〉，《興大中文學報》第45期（2019年6月），頁95～119。
23. 陳順智：〈劉長卿集版本考述〉，《文獻季刊》2001年第1期（2001年1月），頁105～118。

24. 陳順智：〈劉長卿詩歌意境的審美特徵〉，《江漢論壇》1992 年第 7 期（1992 年 5 月），頁 70～75。

25. 陳順智：〈劉長卿重出詩考〉，《魏晉南北朝隋唐史資料》2001 年第 0 期（2001 年 9 月），頁 162～177。

26. 葛曉音：〈劉長卿七律的詩史定位及其詩學依據〉，《中山大學學報（社會科學版）》2013 年第 1 期（2013 年 1 月），頁 20～30。

27. 葛曉音：〈「意象雷同」和「語出獨造」——從「錢、劉」看大曆五律守正和漸變的路向〉，《清華學報》新 45 卷第 1 期（2015 年 3 月），頁 73～100。

28. 趙昌平：〈「吳中詩派」與中唐詩歌〉，《中國社會科學》1984 年第 4 期（1984 年 7 月），頁 191～212。

29. 蔡振念：〈盛唐五言古詩格律探論——兼評王力五古格律說〉，《成大中文學報》第 51 卷，（2015 年 12 月），頁 41～75。

30. 楊世明：〈簡論劉長卿和他的詩〉，《南充師院學報（哲學社會科學版）》1987 年第 3 期（1987 年 6 月），頁 1～6。

31. 楊世明：〈劉長卿行年考述〉，《四川師範學院學報（哲學社會科學版）》（1990 年 8 月），頁 45～53。

32. 蔣寅：〈劉長卿與唐詩範式的演變〉，《文學評論》1994 年第 1 期（1994 年 1 月），頁 41～52。

33. 蔣寅：〈喬億《大曆詩略》與格調詩學的深化〉，《華南師範大學（哲學社科版）》2016 年第 5 期（2016 年 10 月），頁 154。

34. 潘殊閒：〈劉長卿及其詩歌的宗教情懷〉，《西南民族大學學報（人文社科版）》總 25 卷第 2 期（2004 年 2 月），頁 131～134。

35. 劉乾：〈《劉隨州集》重出詩考〉，《西南師範大學學報（哲學社會科學版）》1993 年第 3 期（1993 年 10 月），頁 68～72。

36. 檀德瑤：〈從「錢郎」到「錢劉」——合稱變化背後的文化內涵〉，《牡丹江大學學報》第 26 卷第 7 期（2017 年 7 月），頁 80～82。

附錄一：明清主要唐詩選本前十大詩家〔註1〕

選本名稱	詩人名單（按：括號內為選詩數）
明．高棅《唐詩品彙》	李白（398）杜甫（299）劉長卿（**171**）王維（167）錢起（148）韋應物（143）岑參（129）高適（112）王昌齡（97）孟浩然（87）
明．鍾譚《唐詩歸》	杜甫（316）李白（112）王維（98）孟浩然（68）王昌齡（64）儲光羲（62）劉長卿（**51**）宋之問（49）張九齡（47）岑參（45）
明．陸時雍《唐詩鏡》	杜甫（376）李白（297）白居易（195）元稹（122）王維（97）劉禹錫（88）韓愈（79）王建（68）劉長卿（**64**）李商隱（55）岑參（55）
明．李攀龍《古今詩刪》之唐詩選	杜甫（93）李白（57）王維（47）高適（40）岑參（39）王昌齡（31）李頎（17）沈佺期（16）韋應物（16）孟浩然（14）劉長卿（**14**）
明．唐汝詢《唐詩解》	李白（177）杜甫（175）王維（100）岑參（64）劉長卿（**60**）孟浩然（44）王昌齡（44）錢起（43）高適（42）韋應物（42）
清．沈德潛《唐詩別裁集》初刻本	杜甫（241）李白（139）王維（102）韋應物（68）劉長卿（**58**）岑參（56）韓愈（41）孟浩然（37）柳宗元（35）李頎（32）

〔註1〕表格由指導教授陳美朱提供。

清・宋宗元《網師園唐詩箋》	杜甫（103）李白（83）王維（48）岑參（30）**劉長卿（27）**錢起（23）白居易（23）許渾（21）李商隱（21）韋應物（20）劉禹錫（20）
清・王堯衢《唐詩合解》	杜甫（78）李白（54）王維（43）岑參（32）錢起（22）**劉長卿（17）**高適（17）孟浩然（17）劉禹錫（16）王昌齡（16）
清・沈德潛《唐詩別裁集》重訂本	杜甫（255）李白（140）王維（104）韋應物（63）白居易（60）岑參（58）**劉長卿（54）**李商隱（50）韓愈（43）柳宗元（41）
清・喬億《大曆詩略》	**劉長卿（85）**錢起（72）李益（44）皇甫冉（44）韓翃（33）郎士元（30）李端（26）李嘉祐（23）盧綸（21）司空曙（20）
清・孫洙《唐詩三百首》	杜甫（39）李白（29）王維（29）李商隱（24）孟浩然（15）韋應物（12）**劉長卿（11）**杜牧（10）王昌齡（8）岑參（7）李頎（7）
清・屈復《唐詩成法》	杜甫（57）王維（41）岑參（22）沈佺期劉長卿李商隱（19）李白（18）孟浩然（12）張九齡（11）高適李頎（10）
清・楊逢春《唐詩繹》	杜甫（151）李白（104）王維（83）韋應物（48）孟浩然（32）柳宗元（28）岑參（26）韓愈（24）**劉長卿（22）**白居易（20）李商隱（20）

附錄二：今人新編「唐詩三百首」前十大詩家〔註 1〕

選本名稱與體例	選本選錄的前十大詩人（按：括號內為選詩數）
中華書局《新編唐詩三百首》1958 年，詩體，316 首	杜甫（33）李白（30）白居易（28）李賀（12）李商隱羅隱（9）杜牧（8）王建皮日休（7）杜荀鶴（6）
武漢大學中文系《新選唐詩三百首》1980 年，詩人，314 首	李白（31）杜甫（28）劉禹錫（17）李賀李商隱（15）白居易（14）杜牧（12）柳宗元（11）王維（9）韓愈（8）
馬茂元趙昌平《唐詩三百首新編》1992 年，詩人，331 首	杜甫（33）李白（25）王維（20）李商隱（16）白居易（12）杜牧（9）王昌齡韓愈（8）孟浩然柳宗元（7）
彭慶生張仁健《唐詩精品》1992 年，詩人，318 首	李白杜甫（36）李商隱（20）王維（19）杜牧（18）白居易（14）王昌齡劉禹錫（9）岑參李益（7）
葛曉音《新編唐詩三百首》1996 年，主題，298 首	李白（34）杜甫（31）王維（20）杜牧（15）李商隱（13）白居易（12）劉禹錫（10）孟浩然（9）韓愈（7）柳宗元李賀（6）
尚永亮《唐詩觀止》1998 年，詩體，374 首	李白（32）杜甫（25）王維（17）劉禹錫（14）白居易（13）杜牧李商隱（12）孟浩然柳宗元（9）韓愈（8）
何嚴等人《新編唐詩三百首》1999 年，詩題，333 首	杜甫（28）李白（22）王維（19）李商隱（14）白居易杜牧劉長卿（9）王昌齡孟浩然岑參（8）

〔註 1〕表格由指導教授陳美朱提供。

霍松林霍有明《絕妙唐詩》2000 年，詩人，369 首	杜甫（35）李白（23）王維（22）白居易（21）李商隱（15）韓愈杜牧（13）劉禹錫（11）柳宗元（10）張籍（8）
程千帆《新選新評新註唐詩三百首》2001 年，詩人，275 首	杜甫（33）李白（26）王維白居易（15）韓愈李商隱（10）李頎劉禹錫杜牧（7）孟浩然岑參柳宗元李賀溫庭筠（6）
馬世一《唐詩三百首新選》2001 年，詩人，295 首	杜甫（29）李白（19）李商隱（14）白居易杜牧（12）王維（11）孟浩然（9）劉禹錫（8）柳宗元孟郊李賀（6）
陳為甫《新讀唐百家詩選》2002 年，詩人，372 首	杜甫（21）李白（20）王昌齡（12）王維孟浩然（10）劉禹錫（9）白居易（8）柳宗元（7）杜牧（6）韋應物李商隱（5）
許清雲《唐詩三百首新編》2005 年，詩體，350 首	杜甫（46）李白（38）王維（29）李商隱（22）孟浩然（15）王昌齡（13）劉長卿杜牧（11）韋應物（9）白居易（8）
陳耀南《唐詩新賞》2006 年，詩人，373 首	杜甫（62）李白（28）王維（24）李商隱（21）杜牧（19）孟浩然（11）劉禹錫（10）岑參（9）王昌齡（8）李頎韋應物（7）
陳引馳《唐詩三百首》2019 年，詩體，307 首	杜甫（36）李白（29）王維（28）李商隱（21）孟浩然（14）韋應物劉長卿杜牧（10）王昌齡李頎（7）
葛兆光《唐詩選注》2020 年，詩人，277 首	杜甫（24）王維（23）李白（22）王昌齡（10）李賀李商隱（8）孟浩然儲光羲韋應物杜牧（7）